Sammlung Luchterhand 148

Günter Grass

Katz und Maus

Eine Novelle

Luchterhand

Sonderausgabe in der Sammlung Luchterhand
1.–20. Tausend März 1974
21.–30. Tausend August 1974
31.–40. Tausend November 1974
41.–50. Tausend April 1975
51.–60. Tausend August 1975
61.–70. Tausend Dezember 1975
71.–85. Tausend April 1976

Umschlag: Günter Grass

Gesamtherstellung: Druck- und Verlags-Gesellschaft mbH
Darmstadt
ISBN 3-472-61148-0

I

. . . und einmal, als Mahlke schon schwimmen konnte, lagen wir neben dem Schlagballfeld im Gras. Ich hätte zum Zahnarzt gehen sollen, aber sie ließen mich nicht, weil ich als Tickspieler schwer zu ersetzen war. Mein Zahn lärmte. Eine Katze strich diagonal durch die Wiese und wurde nicht beworfen. Einige kauten oder zupften Halme. Die Katze gehörte dem Platzverwalter und war schwarz. Hotten Sonntag rieb sein Schlagholz mit einem Wollstrumpf. Mein Zahn trat auf der Stelle. Das Turnier dauerte schon zwei Stunden. Wir hatten hoch verloren und warteten nun auf das Gegenspiel. Jung war die Katze, aber kein Kätzchen. Im Stadion wurden oft und wechselseitig Handballtore geworfen. Mein Zahn wiederholte ein einziges Wort. Auf der Aschenbahn übten Hundertmeterläufer das Starten oder waren nervös. Die Katze machte Umwege. Über den Himmel kroch langsam und laut ein dreimotoriges Flugzeug, konnte aber meinen Zahn nicht übertönen. Die schwarze Katze des Platzverwalters zeigte hinter Grashalmen ein weißes Lätzchen. Mahlke schlief. Das Krematorium zwischen den Vereinigten Friedhöfen und der Technischen Hochschule arbeitete bei Ostwind. Studienrat Mallenbrandt pfiff: Wechsel Fangball Übergetreten. Die Katze übte. Mahlke schlief oder sah so aus. Neben ihm hatte ich Zahnschmerzen. Die Katze kam übend näher. Mahlkes Adamsapfel fiel auf, weil er groß war, immer in Bewegung und einen Schatten warf. Des Platzverwalters schwarze Katze spannte sich zwischen mir und Mahlke zum Sprung. Wir bildeten ein Dreieck. Mein Zahn schwieg, trat nicht mehr auf der Stelle: denn Mahlkes Adamsapfel wurde der Katze zur Maus. So jung war die Katze, so beweglich Mahlkes Artikel – jedenfalls sprang sie Mahlke an die Gurgel; oder einer von uns griff die Katze und setzte sie Mahlke an den Hals; oder ich, mit wie ohne Zahnschmerz, packte die Katze, zeigte ihr Mahlkes Maus: und Joachim Mahlke schrie, trug aber nur unbedeutende Kratzer davon.
Ich aber, der ich Deine Maus einer und allen Katzen in den Blick brachte, muß nun schreiben. Selbst wären wir beide erfunden, ich müßte dennoch. Der uns erfand, von berufswegen, zwingt mich, wieder und wieder Deinen Adamsapfel in die Hand zu nehmen, ihn an jeden Ort zu führen, der ihn siegen oder verlieren sah; und so lasse ich am Anfang die Maus über dem Schraubenzieher hüpfen, werfe ein Volk vollgefressene Seemöwen hoch über Mahlkes Scheitel in den sprunghaften Nordost, nenne das Wetter sommerlich und anhaltend schön, vermute, daß es sich bei dem Wrack um ein ehema-

liges Boot der Czaika-Klasse handelt, gebe der Ostsee die Farbe dickglasiger Seltersflaschen, lasse nun, da der Ort der Handlung südöstlich der Ansteuerungstonne Neufahrwasser festgelegt ist, Mahlkes Haut, auf der immer noch Wasser in Rinnsalen abläuft, feinkörnig bis graupelig werden; doch nicht die Furcht, sondern das übliche Frösteln nach zu langem Baden besetzte Mahlke und nahm seiner Haut die Glätte.
Dabei hatte keiner von uns, die wir dürr und langarmig zwischen seitlich wegragenden Knien auf den Resten der Kommandobrücke hockten, von Mahlke verlangt, nochmals in den Bugraum des abgesoffenen Minensuchbootes und in den mitschiffs anstoßenden Maschinenraum zu tauchen, etwas mit seinem Schraubenzieher abzufummeln, ein Schräubchen, Rädchen oder was Dolles: ein Messingschild, dichtbeschrieben mit den Bedienungsanweisungen irgendeiner Maschine in polnischer und englischer Sprache; denn wir hockten ja auf allen über dem Wasserspiegel ragenden Brückenaufbauten eines ehemaligen, in Modlin vom Stapel gelaufenen, in Gdingen fertiggestellten polnischen Minensuchbootes der Czaika-Klasse, das im Jahr zuvor südöstlich der Ansteuerungstonne, also außerhalb der Fahrrinne und ohne den Schiffsverkehr zu behindern, abgesoffen war.
Seitdem trocknete Möwenmist auf dem Rost. Sie flogen bei jedem Wetter fett glatt, mit seitlichen Glasperlenaugen manchmal knapp und fast zum Greifen über den Resten des Kompaßhäuschens, dann wieder hoch wirr und nach einem Plan, der nicht zu entziffern war, spritzten im Flug ihren schleimigen Mist und trafen nie die weiche See aber immer den Rost der Brückenaufbauten. Hart stumpf kalkig dauerten die Ausscheidungen in Klümpchen dicht bei dicht, auch in Klumpen übereinander. Und immer, wenn wir auf dem Boot saßen, gab es Fußnägel Fingernägel, die den Mist abzusprengen versuchten. Deswegen brachen unsere Nägel, und nicht, weil wir — außer Schilling, der immer kaute und Nietnägel hatte — an unseren Fingernägeln kauten. Nur Mahlke besaß lange, wenn auch vom vielen Tauchen gelbliche Nägel und bewahrte sich ihre Länge, indem er weder kaute noch Möwenmist kratzte. Auch blieb er der einzige, der nie von dem weggestemmten Mist aß, während wir, weil sich das anbot, kalkige Klümpchen wie Muschelsplitt kauten und als schaumigen Schleim über Bord spuckten. Das Zeug schmeckte nach nichts oder nach Gips oder nach Fischmehl oder nach allem, was sich vorstellte: nach Glück, Mädchen, nach dem lieben Gott. Winter, der ganz gut singen konnte, gab an: »Wißt Ihr, daß Tenöre täglich

Möwenmist essen?« Oft fingen die Möwen unsere kalkige Spucke im Flug und merkten wohl nichts.

Als Joachim Mahlke kurz nach Kriegsbeginn vierzehn Jahre alt wurde, konnte er weder schwimmen noch radfahren, fiel überhaupt nicht auf und ließ jenen Adamsapfel vermissen, der später die Katze anlockte. Vom Turnen und Schwimmen war er suspendiert, weil er sich als kränklich ausweisen konnte, indem er Atteste vorzeigte. Noch bevor Mahlke das Radfahren lernte und steif verbissen, mit hochrot abstehenden Ohren und seitlich verbogenen, auf-und-untertauchenden Knien eine komische Figur abgab, meldete er sich während der Wintersaison im Hallenbad Niederstadt zum Schwimmen, wurde aber vorerst nur zum Trockenschwimmen mit Acht- bis Zehnjährigen zugelassen. Auch im folgenden Sommer war er noch nicht so weit. Der Bademeister der Anstalt Brösen, eine typische Bademeisterfigur mit Bojenleib und dünnen haarlosen Beinen unter dem stoffbespannten Seezeichen, mußte Mahlke zuerst im Sand drillen und dann an die Angel nehmen. Doch als wir ihm Nachmittag um Nachmittag davonschwammen und Wunderdinge von dem abgesoffenen Minensuchboot erzählten, bekam er mächtigen Auftrieb, schaffte es innerhalb von zwei Wochen – und schwamm sich frei.
Ernst und beflissen zog er zwischen dem Seesteg, dem Großen Sprungturm und der Badeanstalt hin und her und mochte im Schwimmen schon einige Ausdauer haben, als er vom Wellenbrecher des Seesteges mit Tauchübungen begann, zuerst simple Ostseemuscheln hochholte, dann nach einer sandgefüllten Bierflasche tauchte, die er ziemlich weit rauswarf. Wahrscheinlich gelang es Mahlke bald, die Buddel regelmäßig vom Grund hochzuholen, denn als er bei uns auf dem Kahn zu tauchen anfing, war er kein Anfänger mehr.
Er bettelte, mitschwimmen zu dürfen. Gerade wollten wir, sechs oder sieben Mann stark, unseren täglichen Kurs einschlagen, feuchteten uns umständlich vorsorglich im seichten Quadrat des Familienbades an, da stand Mahlke auf dem Laufsteg des Herrenbades: »Nehmt mich doch mit. Ich schaff es bestimmt.«
Ein Schraubenzieher hing ihm unter der Gurgel und lenkte von seiner Gurgel ab.
»Na schön!« Mahlke kam mit, überholte uns zwischen der ersten und der zweiten Sandbank, und wir gaben uns keine Mühe, ihn einzuholen: »Der soll sich mal abstrampeln.«
Wenn Mahlke in Brustlage schwamm, tanzte ihm der Schraubenzieher deutlich, denn das Ding hatte einen Holzgriff, zwischen den

Schulterblättern. Schwamm Mahlke auf dem Rücken, torkelte der Holzgriff auf seiner Brust, verdeckte aber nie vollkommen jenen fatalen Knorpel zwischen Kinnlade und Schlüsselbein, der als Rükkenflosse ausgefahren blieb und ein Kielspur riß.
Und dann zeigte Mahlke es uns. Er tauchte mehrmals kurz nacheinander mit seinem Schraubenzieher und brachte hoch, was sich nach zwei- oder dreimaligem Tauchen abschrauben ließ: Deckel, Verschalungsteile, ein Stück von der Lichtmaschine, fand unten ein Seil, seilte mit dem brüchigen Drussel einen waschechten Minimax aus dem Vorschiff hoch; und das Ding – deutsches Fabrikat übrigens – war noch brauchbar; Mahlke bewies es uns, löschte mit Schaum, zeigte uns, wie man mit Schaum löscht, löschte mit Schaum die glasgrüne See – und stand vom ersten Tag an ganz groß da.
Die Flocken lagen noch in Inseln und verzogenen Streifen auf flacher gleichatmiger Dünung, lockten wenige Möwen, stießen die Möwen ab, fielen zusammen und trieben, eine einzige Sauerei sauer gewordener Schlagsahne, gegen den Strand; da machte auch Mahlke Feierabend, hockte sich in den Schatten des Kompaßhäuschens und bekam nun, nein, hatte schon lange, noch bevor verirrte Schaumfetzen auf der Brücke ermüdeten und unter jedem Lüftchen zitterten, diese körnige schrumpfende Haut.
Mahlke bibberte, ließ die Gurgel fliegen; und sein Schraubenzieher machte über geschüttelten Schlüsselbeinen Tänzchen. Aber auch Mahlkes Rücken, eine streckenweis käsige, von den Schultern abwärts krebsrot verbrannte Fläche, der sich immer wieder beiderseits der reibbrettartig durchtretenden Wirbelsäule neuverbrannt die Haut schälte, wurde mit Graupeln beworfen und von wandernden Schauern verzogen. Gelbliche Lippen hatten blaue Ränder und entblößten Mahlkes klappernde Zähne. Mit großen ausgelaugten Händen versuchte er, beide Knie, die sich an den muschelüberzogenen Schotts aufgescheuert hatten, festzuhalten und so seinem Körper, auch seinen Zähnen Widerstand zu bieten.
Hotten Sonntag – oder war ich es? – rieb Mahlke ab: »Mensch, hol Dir bloß nischt. Wir müssen ja noch zurück.« Der Schraubenzieher wurde vernünftiger.

Hin brauchten wir, von der Mole aus fünfundzwanzig, von der Badeanstalt aus fünfunddreißig Minuten. Eine gute Dreiviertelstunde verlangte der Rückweg. Er mochte noch so ausgepumpt sein, immer war er eine deutliche Minute vor uns auf dem Molengranit. Den Vorsprung des ersten Tages hielt er auch weiterhin. Jedesmal, bevor

wir den Kahn – so hieß bei uns der Minensucher – erreichten, war Mahlke schon einmal unten gewesen und zeigte uns, sobald wir mit Waschfrauenhänden ziemlich gleichmäßig nach dem Rost und Möwenmist der Brücke oder den ausladenden Drehkränzen langten, irgendein Scharnier, etwas, das sich leicht hatte lösen lassen, wortlos vor und fröstelte schon, obgleich er sich vom zweiten oder dritten Herausschwimmen an dick und verschwenderisch mit Nivea eincremte; denn Taschengeld hatte Mahlke genug.
Mahlke war einziges Kind zu Hause.
Mahlke war Halbwaise.
Mahlkes Vater lebte nicht mehr.
Mahlke trug im Winter wie im Sommer altmodische hohe Schuhe, die er von seinem Vater geerbt haben mochte.
An einem Schnürsenkel für hohe schwarze Schuhe trug Mahlke den Schraubenzieher am Hals.
Jetzt erst fällt mir ein, daß Mahlke außer dem Schraubenzieher noch etwas und aus Gründen am Hals trug; aber der Schraubenzieher war auffälliger.
Wahrscheinlich immer schon, doch wir hatten nie darauf geachtet, sicher vom Tage an, da Mahlke in der Badeanstalt das Trockenschwimmen erlernte und im Seesand Figuren strampeln mußte, trug er am Hals ein silbernes Kettchen, dem etwas silbern Katholisches anhing: die Jungfrau.
Nie, auch während der Turnstunde nicht, nahm sich Mahlke den Anhänger vom Hals; denn kaum hatte er in der winterlichen Schwimmhalle Niederstadt mit dem Trockenschwimmen und Schwimmen an der Angel begonnen, trat er auch in unserer Turnhalle auf und zeigte nie mehr ein Attest irgendeines Familienarztes vor. Entweder verschwand der Anhänger im Ausschnitt des Turnhemdes oder die silberne Jungfrau lag knapp überm roten Bruststreifen auf weißem Turnhemdstoff.
Mahlke schwitzte auch am Barren nicht. Selbst Übungen am Langpferd, bei denen nur noch die drei oder vier Besten der ersten Riege mitmachten, ließ er nicht aus, sondern segelte krumm und grobknochig vom Federsprungbrett übers lange Leder, landete mit Kettchen und verrutschter Jungfrau schief auf der Matte und ließ Staub aufwölken. Wenn er am Reck Kniewellen machte – später gelang es ihm, in mieser Haltung zwei Kniewellen mehr zu drehen als Hotten Sonntag, unser bester Turner, schaffte – wenn Mahlke also seine siebenunddreißig Kniewellen würgte, zog es ihm den Anhänger aus dem Turnhemd und das Silberding wurde siebenunddreißigmal,

immer seinen mittelbraunen Haaren voraus, um die knirschende Reckstange geschleudert, ohne vom Hals loskommen und Freiheit gewinnen zu können, denn Mahlke hatte außer der bremsenden Gurgel jenen ausladenden Hinterkopf, der mit Haaransatz und deutlichem Knick dem rutschenden, durch Kniewellen entfesselten Kettchen Halt bot. Der Schraubenzieher lag über dem Anhänger, und der Schnürsenkel deckte streckenweise das Kettchen. Dennoch verdrängte das Werkzeug den Anhänger nicht, zumal das Ding mit dem Holzgriff nicht in die Turnhalle hineindurfte. Unser Turnlehrer, ein gewisser Studienrat Mallenbrandt, der in Turnerkreisen berühmt war, weil er ein richtungweisendes Regelbuch für das Schlagballspiel geschrieben hatte, verbot Mahlke, den Schraubenzieher am Schnürsenkel während der Turnstunde zu tragen. Das Amulett an Mahlkes Hals beanstandete Mallenbrandt nie, weil er außer Leibeserziehung und Geographie auch Religion unterrichtete und bis ins zweite Kriegsjahr hinein die Reste eines katholischen Arbeiter-Turnvereins unters Reck und an den Barren zu führen verstand.

So mußte der Schraubenzieher im Umkleideraum am Haken überm Hemd warten, während die silberne, leicht abgegriffene Jungfrau an Mahlkes Hals halsbrecherischen Übungen Beistand gewähren durfte. Ein gewöhnlicher Schraubenzieher: stabil und billig. Oft mußte Mahlke, um ein schmales Schildchen, nicht größer als ein Namensschild seitlich einer Wohnungstür, das von zwei Schrauben gehalten wurde, lösen und hochbringen zu können, fünf- bis sechsmal tauchen, besonders, wenn das Schildchen an Metallteilen haftete und beide Schrauben eingerostet waren. Dafür gelang es ihm manchmal, größere Schilder mit viel Text schon nach zweimaligem Tauchen und indem er den Schraubenzieher als Brecheisen benutzte, samt Schrauben aus morscher Holzverschalung zu stemmen und die Beute auf der Brücke vorzuzeigen. Gesammelt hat er die Schildchen nachlässig, hat Winter und Jürgen Kupka, die hemmungslos alles Abschraubbare, auch Straßenschilder und die Schildchen der öffentlichen Toiletten sammelten, viel geschenkt und nur jene Brocken nach Hause genommen, die zu seinem Kram paßten.

Mahlke machte es sich nicht leicht: wenn wir auf dem Kahn dösten, arbeitete er unter Wasser. Wir kratzten am Möwenmist, wurden zigarrenbraun, und wer blonde Haare hatte, bekam strohblondes Haar; doch Mahlke holte sich allenfalls einen neuen Sonnenbrand. Wenn wir den Schiffsverkehr nördlich der Ansteuerungstonne verfolgten, hatte er unverrückbar den Blick nach unten: gerötete, bißchen entzündete Lider mit wenig Wimpern um, glaube, hellblaue

zeile, zumeist Werftarbeiter, Angestellte der Post und Eisenbahner, jahrelang Eingaben nach Oliva, wo der Bischof saß, geschickt hatten, bis man, noch während der Freistaatzeit, die Turnhalle kaufte, sie umbauen und einsegnen ließ.
Da sich der Turnhallencharakter der Marienkapelle trotz farbenreicher gewundener Bilder und Dekorstücke, die aus den Kellern und Abstellräumen fast aller Pfarrkirchen des Bistums, auch aus Privatbesitz stammten, nicht leugnen und verstellen ließ – selbst Weihrauch und Wachskerzenduft übertönte nicht immer und nie genug den Kreide-Leder-Turnermief vergangener Jahre und Hallenhandballmeisterschaften –, haftete der Kapelle untilgbar etwas evangelisch Karges, die fanatische Nüchternheit eines Betsaales an.
In der neugotischen, Ende des neunzehnten Jahrhunderts aus Backsteinen getürmten Herz-Jesu-Kirche, die abseits der Siedlungen, nahe dem Vorortbahnhof lag, hätte sich Joachim Mahlkes stählerner Schraubenzieher fremd und lästerlich häßlich ausgenommen. In der Marienkapelle hätte er das englische Qualitätswerkzeug getrost offen tragen können: das Kapellchen mit gepflegtem Linoleumfußboden, mit quadratischen, dicht unter der Decke ansetzenden Milchglasscheiben, mit sauber ausgerichteten eisernen Halterungen im Fußboden, die einst dem Reck Halt und Sicherheit gegeben hatten, mit den eisernen, wenn auch weißgetünchten Querträgern unter der grobkörnigen, von Verschalungsbrettern gerillten Betondecke, an denen vormals die Ringe, das Trapez und das halbe Dutzend Kletterseile ihre Verankerung gehabt hatten, war, obgleich in allen Ecken bemalter vergoldeter und plastisch segnender Gips stand, dennoch ein solch modern kühl sachliches Kapellchen, daß der freihängende stählerne Schraubenzieher, den ein betender, dann kommunizierender Gymnasiast vor der Brust baumeln zu lassen für notwendig hielt, weder den wenigen Frühmessebesuchern noch Hochwürden Gusewski und seinem verschlafenen Ministranten – das war oft genug ich – peinlich aufgefallen wäre.
Falsch! Mir wäre das Ding bestimmt nicht entgangen. Wenn immer ich vorm Altar diente, sogar während der Stufengebete, versuchte ich, Dich aus verschiedenen Gründen im Auge zu behalten: aber Du wolltest es wohl nicht darauf ankommen lassen, behieltest das Ding am Schnürsenkel unterm Hemd und hattest deswegen die auffallenden und den Schraubenzieher vage nachzeichnenden Flecke vom Schmierfett im Hemdenstoff. Er kniete, vom Altar aus gesehen, in der zweiten Bank der linken Bankreihe und zielte sein Gebet mit offenen, glaube, hellgrauen, zumeist vom Tauchen und Schwimmen entzündeten Augen in Richtung Jungfrau, Marienaltar.

. . . und einmal – ich weiß nicht mehr, in welchem Sommer – war es während der ersten Großen Ferien auf dem Kahn, kurz nach dem Rummel in Frankreich, war es immer Sommer danach? – an einem Tag, heiß und dunstig, mit Gewühle im Familienbad, schlaffen Wimpeln, quellendem Fleisch, starkem Umsatz der Erfrischungsbuden, auf sengenden Fußsohlen über Kokosläufern, vor geschlossenen Badezellen voller Gekicher, zwischen entfesselten Kindern: was sich wälzte, kleckerte, den Fuß aufschnitt; und mittenmang der heute dreiundzwanzigjährigen Aufzucht, unterhalb fürsorglich gebeugter Erwachsener, schlug ein etwa dreijähriger Balg monoton hölzern auf eine Kinderblechtrommel und ließ den Nachmittag zu einer höllischen Schmiede werden – da lösten wir uns, schwammen zu unserem Kahn, waren vom Strand aus, für den Feldstecher des Bademeisters etwa, sechs kleiner werdende Köpfe unterwegs; und einer voraus und als erster am Ziel.
Wir warfen uns auf den windgekühlten, dennoch glühenden Rost und Möwenmist, waren nicht mehr zu bewegen, während Mahlke schon zweimal unten gewesen war. Mit beladener linker Hand kam er hoch, hatte im Vorschiff und Mannschaftslogis, in und unter den halbverfaulten, entweder schlaff wedelnden oder immer noch festgezurrten Hängematten, in Schwärmen schillernder Stichlinge, zwischen Tangwäldern und stiebenden Neunaugen gewühlt, geschabt und in durchwachsenem Plunder, einst Seesack des Matrosen Witold Duszynski oder Liszinski, eine handgroße Bronzeplakette gefunden, die auf der einen Seite, unter kleinem erhabenem polnischen Adler, den Namen des Plakettenbesitzers, sowie das Datum der Verleihung, auf der anderen Seite das Relief eines schnauzbärtigen Generals zeigte: nach einigem Reiben mit Sand und pulvrigem Möwenmist sagte die rundumlaufende Plaketteninschrift aus, daß Mahlke das Porträt des Marschall Pilsudski an die Luft gebracht hatte.
Vierzehn Tage lang war Mahlke nur noch auf Plaketten aus, fand auch ein zinntellerartiges Erinnerungsstück an eine Segelregatta des Jahres vierunddreißig auf der Reede von Gdingen – und mitschiffs, noch vor dem Maschinenraum, in der engen und schwer zugänglichen Offiziersmesse, jene markstückgroße Medaille aus Silber, mit Silberöse zum Aufhängen, deren Hinterseite namenlos platt und abgewetzt, deren Vorderseite reich profiliert und geschmückt war: das stark erhabene Relief der Jungfrau mit Kind.
Es handelte sich, wie die gleichfalls erhabene Inschrift bewies, um die berühmte Matka Boska Czestochowska; und Mahlke putzte das Silber nicht, ließ dem Ding die schwärzliche Patina, als er auf der

Brücke entdeckte, was er hochgebracht hatte und wir ihm Treibsand zum Putzen anboten.
Aber während wir noch stritten und das Silber glänzen sehen wollten, kniete er schon im Schatten des Kompaßhäuschens und schob den Fund solange vor seinen Knubbelknien hin und her, bis er im geeigneten Winkel für seine zur Andacht gesenkten Augen lag. Wir lachten, als er bibbernd und bläulich mit ausgelaugten Fingerspitzen das Kreuz schlug, die fliegenden Lippen einem Gebet gemäß zu bewegen versuchte und etwas Latein hinterm Kompaßhäuschen hervorklapperte. Ich glaube noch heute, es war damals schon etwas aus seiner Lieblingssequenz, die sonst nur am Freitag vor Palmsonntag laut wurde: »Virgo virginum praeclara, – Mihi iam non sis amara . . .«
Später, nachdem unser Direktor, Oberstudienrat Klohse, Mahlke verboten hatte, den polnischen Artikel offen und während des Unterrichts am Hals zu tragen – Klohse war Amtsleiter, unterrichtete aber nur selten in Parteikluft – begnügte Joachim Mahlke sich mit dem altgewohnten kleinen Amulett und dem stählernen Schraubenzieher unter jenem Adamsapfel, der einer Katze als Maus gegolten hatte.
Er hängte die schwärzliche Silberjungfrau zwischen Pilsudskis Bronzeprofil und das postkartengroße Foto des Kommodore Bonte, des Helden von Narvik.

II

Die Anbeterei, war das Spaß? Euer Haus stand in der Westerzeile. Dein Humor, wenn Du welchen hattest, war sonderbar. Nein, Euer Haus stand in der Osterzeile. Sahen ja alle gleich aus, die Straßen der Siedlung. Dennoch mußtest Du nur ein Butterbrot essen, und wir lachten und steckten uns an. Wir wunderten uns, sobald wir über Dich lachen mußten. Als aber Studienrat Brunies alle Schüler unserer Klasse nach ihrem späteren Beruf fragte und Du – damals konntest Du schon schwimmen – zur Antwort gabst: »Ich werde einmal Clown werden und die Leute zum Lachen bringen«, lachte im viereckigen Klassenzimmer niemand – und ich bekam einen Schreck, denn Mahlke machte, während er den Willen, Clown im Zirkus oder sonstwo zu werden, laut und geradeaus vor sich hinsprach, ein solch ernstes Gesicht, daß wirklich zu befürchten stand, er werde später einmal die Leute schrecklich zum Lachen bringen, und sei es durch die öffentliche, zwischen Raubtiernummer und Trapezattraktion plazierte Anbetung der Jungfrau Maria; aber das war wohl ernst gemeint, das Gebet auf dem Kahn – oder wolltest Du Spaß machen?
Er wohnte in der Osterzeile und nicht in der Westerzeile. Das Einfamilienhaus stand neben zwischen und gegenüber gleichgearteten Einfamilienhäusern, die nur durch Hausnummern, eventuell dank unterschiedlich gemusterter oder geraffter Gardinen, kaum aber durch gegensätzliche Bepflanzung der schmalen Vorgärten zu unterscheiden waren. Auch hielt sich jeder Vorgarten Vogelhäuschen auf Stangen und glasierten Gartenschmuck: entweder Frösche, Fliegenpilze oder Zwerge. Vor Mahlkes Haus hockte ein keramischer Frosch. Aber auch vor dem nächsten und übernächsten Haus hockten grüne keramische Frösche.
Kurz, es war Nummer vierundzwanzig, und Mahlke wohnte, wenn man vom Wolfsweg kam, im vierten Haus der linken Straßenseite. Die Osterzeile stieß, gleich der parallellaufenden Westerzeile, im rechten Winkel auf den Bärenweg, der parallel zum Wolfsweg lief. Wer vom Wolfsweg her die Westerzeile hinunterging, sah über ziegelroten Dächern zu linken Hand die Vorderseite und westliche Seite eines Turmes mit oxydiertem Zwiebeldach. Wer in gleicher Richtung die Osterzeile hinunterlief, sah über den Dächern zur rechten Hand die Vorderseite und Ostseite desselben Glockenturmes; denn die Christus-Kirche lag genau zwischen Osterzeile und Westerzeile auf der gegenüberliegenden Straßenseite des Bärenweges und gab mit vier Zifferblättern unterhalb des grünen Zwiebeldaches dem

ganzen Viertel, vom Max-Halbe-Platz bis zur katholischen Marienkapelle, die keine Uhr hatte, von der Magdeburger Straße bis zum Posadowskiweg, nahe Schellmühl, die Uhrzeit an und ließ evangelische wie katholische Arbeiter, Angestellte, Verkäuferinnen, Volksschüler und Gymnasiasten immer pünktlich und nie konfessionell geordnet zum Arbeitsplatz oder zur Schule kommen.
Von seinem Zimmer aus sah Mahlke das Zifferblatt der östlichen Turmseite. Im Dachgiebel, zwischen leichtschrägen Wänden, mit Regen und Hagel dicht über seinem in der Mitte gescheiteltem Haar, hatte er seine Bude eingerichtet: eine Mansarde voller üblichem Jungenskrimskrams, von der Schmetterlingssammlung bis zu den Postkartenfotos beliebter Schauspieler, hochdekorierter Jagdflieger und Panzergenerale; dazwischen aber ein ungerahmter Öldruck der Sixtinischen Madonna mit den beiden pausbackigen Engeln am unteren Bildrand, die schon erwähnte Pilsudskimedaille und das fromme und geweihte Amulett aus Tschenstochau neben dem Foto des Kommandanten der Narvik-Zerstörer.

Gleich beim ersten Besuch fiel mir die ausgestopfte Schnee-Eule auf. Ich wohnte nicht weit weg, in der Westerzeile; doch soll nicht von mir die Rede sein, sondern von Mahlke oder von Mahlke und mir, aber immer im Hinblick auf Mahlke, denn er hatte den Mittelscheitel, er trug hohe Schuhe, er hatte mal dieses mal jenes am Hals hängen, um die ewige Katze von der ewigen Maus abzulenken, er kniete vor dem Marienaltar, war der Taucher mit dem frischen Sonnenbrand, war uns immer, wenn auch häßlich verkrampft, ein Stückchen voraus und wollte, kaum hatte er das Schwimmen gelernt, später einmal, nach der Schule undsoweiter, Clown im Zirkus werden und die Leute zum Lachen bringen.
Auch die Schnee-Eule hatte den ernsten Mittelscheitel und zeigte, gleich Mahlke, diese leidende und sanft entschlossene, wie von inwendigem Zahnschmerz durchtobte Erlösermiene. Sein Vater hatte ihm den gut präparierten und nur zart gezeichneten Vogel, dessen Krallen Birkengeäst umspannten, hinterlassen.
Den Mittelpunkt der Bude bildete für mich, der ich mir Mühe gab, die Schnee-Eule und den Öldruck der Madonna, sowie das Silberstück aus Tschenstochau zu übersehen, jenes Grammophon, das Mahlke in mühsamer Kleinarbeit aus dem Kahn hochgeholt hatte. Schallplatten fand er unten keine. Die hatten sich wohl aufgelöst. Den ziemlich modernen Kasten mit Kurbel und Arm für die Nadel stöberte er in jener Offiziersmesse auf, die ihm schon das Silberding und noch

einige andere Stücke beschert hatte. Die Kabine lag mittschiffs, also für uns, auch für Hotten Sonntag, unerreichbar. Denn wir stiegen nur ins Vorschiff ein und wagten uns nicht durch das dunkle, kaum von Fischen durchzitterte Schott zum Maschinenraum und den engen anstoßenden Kabinen.

Kurz bevor die ersten Sommerferien auf dem Kahn zu Ende gingen, brachte Mahlke das Grammophon – wie der Feuerlöscher ein deutsches Fabrikat – nach vielleicht zwölfmaligem Tauchen, wobei er den Kasten Meter für Meter in Richtung Vorschiff bis unter die Luke zum Deck bewegte, schließlich mit Hilfe desselben Seiles, mit dem er schon den Minimax hochgeseilt hatte, an die Luft und zu uns auf die Brücke.

Aus angeschwemmtem Holz und Kork mußten wir ein Floß basteln, um die Kiste, der die Kurbel eingerostet war, an Land bringen zu können. Wir schleppten abwechselnd. Mahlke schleppte nicht.

Eine Woche später stand das Grammophon repariert, geölt, an den Metallteilen bronziert in seiner Bude. Neuer Filz bespannte den Plattenteller. Er ließ den Apparat, nachdem er ihn vor mir aufgezogen hatte, mit leerem sattgrünem Plattenteller ablaufen. Mahlke stand hinter verschränkten Armen neben der Schnee-Eule auf Birkengeäst. Seine Maus ruhte. Ich stand mit dem Rücken zum Sixtinischen Öldruck, schaute entweder auf den ledigen, leicht schwingenden Plattenteller oder aus dem Mansardenfenster über neurote Ziegeldächer in Richtung Christus-Kirche, mit Zifferblatt auf der Vorderseite, mit Zifferblatt auf der Ostseite des Zwiebelturmes. Bevor es sechs läutete, schnurrte das Grammophon aus dem Minensuchboot leiernd ab. Mahlke zog den Kasten mehrmals auf und verlangte von mir ungeminderte Anteilnahme an seinem neuen Ritus: viele verschiedene und abgestufte Geräusche, der zelebrierte Leerlauf. Damals hatte Mahlke noch keine Schallplatten.

Bücher gab es auf langem durchgebogenem Bord. Er las ja viel, auch Religiöses. Neben den Kakteen auf dem Fensterbrett, dem Modell eines Torpedobootes der Wolf-Klasse und dem Modell des Aviso »Grille«, muß noch ein Wasserglas erwähnt werden, das auf der Kommode neben der Waschschüssel stand, immer trüb war und eine daumendicke Schicht Zuckersatz bewahrte. In jenem Glas rührte Mahlke morgens Wasser, das seinem von Natur dünnen und haltlosen Haar Festigkeit geben sollte, mit Sorgfalt und Zucker zu einer milchigen Tinktur, ohne den Bodensatz des Vortages zu beseitigen. Mir bot er einmal das Mittel an, und ich kämmte mir Zuckerwasser ins Haar. Wirklich blieb die Frisur nach der Behandlung mit fixie-

render Lösung straff gläsern und hielt bis zum Abend: meine Kopfhaut juckte, die Hände klebten, gleich Mahlkes Händen, vom prüfenden Drüberfahren – aber vielleicht bilde ich mir meine klebenden Hände nachträglich ein, und sie klebten gar nicht.
Unter ihm, in drei Zimmern, von denen aber nur zwei benutzt wurden, wohnten seine Mutter und deren ältere Schwester. Beide still, wenn er da war, immer verängstigt und stolz auf den Jungen, denn Mahlke galt, den Zeugnissen nach, als guter Schüler, wenn auch nicht als Primus. Er war, was seine Schulleistungen leicht abwertete, ein Jahr älter als wir, weil Mutter und Tante den als Kind schwächlichen, sie sagten, kränklichen Jungen, ein Jahr später auf die Volksschule geschickt hatten.
Aber kein Streber, büffelte mäßig, ließ jeden abschreiben, petzte nie, entwickelte, außer während der Turnstunde, keinen besonderen Ehrgeiz, hatte auffallende Abscheu vor den üblichen Sauereien der Tertianer und griff ein, als Hotten Sonntag einen Überzieher, den er zwischen Bänken im Steffenspark gefunden hatte, an einem Ast aufgespießt in die Klasse brachte und über die Türklinke der Klassentür stülpte. Studienrat Treuge, einem halbblinden Pauker, der eigentlich hätte pensioniert sein müssen, sollte eins ausgewischt werden. Jemand rief schon auf dem Korridor: »Er kommt!« da drückte sich Mahlke aus seiner Bank, machte unbeeilte Schritte und entfernte das Präservativ mit einem Butterbrotpapier von der Klinke.
Niemand widersprach. Er hatte es uns wieder einmal gezeigt; und jetzt kann ich sagen: Indem er kein Streber war, nur mäßig büffelte, alle abschreiben ließ, keinen Ehrgeiz, außer während der Turnstunde, entwickelte und die üblichen Sauereien nicht mitmachte, war er schon wieder der ganz besondere Mahlke, der auf teils erlesene, teils verkrampfte Art Beifall sammelte; schließlich wollte er später in die Arena, womöglich auf die Bühne, übte sich als Clown, indem er glibbernde Überzieher entfernte, erhielt gemurmelte Zustimmung und war beinahe ein Clown, wenn er seine Kniewellen am Reck drehte und die silberne Jungfrau durch den sauren Turnhallenmief wirbelte.
Aber den meisten Beifall stapelte Mahlke während der Sommerferien auf dem abgesoffenen Kahn, obgleich wir uns sein besessenes Tauchen kaum als wirksame Zirkusnummer vorstellen konnten. Wir lachten auch nie, wenn er Mal um Mal blau und bibbernd in den Kahn stieg, etwas hochholte, um uns hochgeholtes Zeug zeigen zu können. Wir sagten allenfalls nachdenklich bewundernd: »Doll, Mensch, prima. Deine Nerven möchte ich haben. Bist ein verrückter Hund, Joachim. Wie haste das bloß wieder losgekriegt?«

Beifall tat ihm gut und besänftigte seinen Hüpfer am Hals; Beifall machte ihn gleichfalls verlegen und gab demselben Hüpfer neuen Auftrieb. Zumeist winkte er ab, was ihm neuen Beifall einbrachte. Er war ja kein Angeber; nie hast Du gesagt: »Mach das mal nach.« Oder: »Das soll mir mal einer nachmachen.« Oder: »Das hat noch keiner von Euch geschafft, wie ich vorgestern viermal kurz nacheinander runter ging, mittschiffs bis in die Kombüse kam und die Konservendose hochbrachte. War bestimmt eine französische, waren nämlich Froschschenkel drinnen, schmeckten bißchen wie Kalbfleisch, aber ihr hattet ja Schiß, wolltet nicht mal probieren, nachdem ich schon die halbe Büchse leergespachtelt hatte. Und holte noch eine zweite hoch, fand sogar einen Büchsenöffner, aber die zweite war faul: Corned Beef.«
Nein, Mahlke sprach nie so. Er tat etwas Außergewöhnliches, holte zum Beispiel mehrere Konservendosen, die der eingestanzten Beschriftung nach englischen oder französischen Ursprungs waren, aus der ehemaligen Kombüse des Kahns, organisierte unten sogar einen halbwegs brauchbaren Büchsenöffner, schlitzte vor unseren Augen wortlos die Büchsen auf, futterte jene angeblichen Froschschenkel, ließ beim Kauen seinen Adamsapfel Klimmzüge machen – ich vergaß zu sagen, daß Mahlke von Natur aus verfressen war, dennoch mager blieb – und hielt uns auffordernd, aber nicht dringlich, die Büchse hin, als sie halb leer war. Wir dankten, denn Winter mußte schon während des Zuguckens auf einen der leeren Drehkränze kriechen und in Richtung Hafeneinfahrt längere Zeit lang erfolglos würgen.
Natürlich bekam Mahlke auch nach dieser demonstrativen Mahlzeit seinen Beifall, winkte ab, fütterte mit den Resten der Froschschenkeldose und mit vergammeltem Corned Beef Möwen, die schon während der Fresserei in greifbarer Nähe irregetan hatten. Schließlich kegelte er die Blechdosen und mit ihnen die Möwen über Bord, putzte mit Sand den Büchsenöffner; nur er allein war Mahlke aufbewahrenswert. Wie den englischen Schraubenzieher, wie dieses und jenes Amulett, trug er fortan und später, wenn auch nicht regelmäßig, sondern nur, wenn er auf Konservendosen in der Kombüse eines ehemaligen polnischen Minensuchbootes aus war – nie verdarb er sich den Magen – jenen Büchsenöffner an einem Bindfaden am Hals, trug das Ding unterm Hemd neben dem anderen Klimbim in die Schule und schleppte es sogar zur Frühmesse in die Marienkapelle; denn jedesmal, wenn Mahlke an der Kommunionbank kniete, den Kopf in den Nacken legte, die Zunge ausfahren ließ, und Hoch-

würden Gusewski ihn mit der Hostie versorgte, spähte der Ministrant an der Seite des Priesters in Mahlkes Hemdkragen: da baumelten an Deinem Hals der Büchsenöffner neben der Madonna und dem eingefetteten Schraubenzieher; und ich bewunderte Dich, ohne daß Du es darauf angelegt hattest. Nein, Mahlke war kein Streber.
Auch daß sie ihn im Herbst desselben Jahres, in dem er das Schwimmen gelernt hatte, aus dem Jungvolk warfen und in die Hitlerjugend abschoben, weil er sich an mehreren Sonntagen geweigert hatte, am Vormittag Dienst anzusetzen und seinen Jungzug – er war Jungzugführer – zur Morgenfeier in den Jäschkentaler Wald zu führen, brachte ihm, zumindest in unserer Klasse, laute Bewunderung ein. Wie gewohnt nahm er unsere Kundgebungen gelassen bis verlegen hin und versäumte auch weiterhin, nunmehr als einfaches Mitglied der Hitlerjugend, den Dienst an den Sonntagvormittagen; nur fiel sein Fehlen in dieser Organisation, die alle Jugendlichen vom vierzehnten Lebensjahr an betreute, wenig auf, denn die HJ wurde lascher geführt als das Jungvolk, war ein schlapper Verein, in dem Leute wie Mahlke untertauchen konnten. Zudem war er nicht im üblichen Sinne aufsässig, besuchte während der Woche regelmäßig die Heim- und Schulungsabende, machte sich auch bei den immer häufiger angesetzten Sonderaktionen, bei Altmaterialsammlungen, auch beim Sammeln für das Winterhilfswerk nützlich, sofern das Büchsenklappern nicht seine Frühmesse am Sonntagvormittag berührte. Das Mitglied Mahlke blieb innerhalb der staatlichen Jugendorganisation, zumal die Überweisung vom Jungvolk in die Hitlerjugend kein Sonderfall gewesen war, unbekannt und farblos, während ihm in unserer Schule, schon nach dem ersten Sommer auf dem Kahn, ein besonderer, kein schlechter, kein guter, ein legendärer Ruf anhing.
Offensichtlich bedeutete Dir unser Gymnasium, im Vergleich mit der genannten Jugendorganisation, auf die Dauer mehr, als ein normales Gymnasium mit seiner teils steifen, teils liebenswürdigen Tradition, mit seinen farbigen Schülermützen, seinem oftberufenen Schulgeist an Erwartungen, wie Du sie genährt haben mußt, begleichen konnte.

»Was hat er nur?«
»Der hat nen Tick, sag ich.«
»Vielleicht hängt das mit dem Tod von seinem Vater zusammen.«
»Und die Klamotten am Hals?«
»Und ewig rennt er beten.«
»Dabei glaubt er an nischt, sag ich.«

»Da ist der viel zu sachlich für.«
»Und das Dinglamdei und nun auch noch das?«
»Frag Du ihn, Du hast ihm doch damals die Katze . . .«
Wir rätselten herum und konnten Dich nicht verstehen. Bevor Du schwimmen konntest, warst Du ein Nichts, das ab und zu aufgerufen wurde, zumeist richtige Antworten gab und Joachim Mahlke hieß. Dennoch glaube ich, wir saßen in der Sexta oder später, jedenfalls vor Deinen ersten Schwimmversuchen, eine Zeitlang in einer Bank; oder Du hattest Deinen Platz hinter mir oder auf gleicher Höhe mit mir in der Mittelabteilung, während ich in der Fensterabteilung neben Schilling saß. Später hieß es, Du hättest bis in die Quinta hinein eine Brille tragen müssen; fiel mir nicht auf. Auch Deine ewigen Schnürschuhe bemerkte ich erst, als Du Dich freigeschwommen hattest und einen Schnürsenkel für hohe Schnürschuhe am Hals zu tragen begannst. Große Ereignisse bewegten damals die Welt, doch Mahlkes Zeitrechnung hieß: Vor dem Freischwimmen, nach dem Freischwimmen; denn als überall, nicht auf einmal, sondern nach und nach, zuerst auf der Westerplatte, dann im Radio, danach in den Zeitungen der Krieg begann, war mit ihm, einem Gymnasiasten, der weder schwimmen noch radfahren konnte, nicht viel los; nur jenes Minensuchboot der Czaika-Klasse, das ihm später erste Auftrittsmöglichkeiten bieten sollte, spielte schon, wenn auch nur für wenige Wochen, seine kriegerische Rolle im Putziger Wiek, in der Bucht und im Fischerhafen Hela.
Groß war die polnische Flotte nicht, aber ehrgeizig. Wir kannten ihre modernen, zumeist in England oder Frankreich vom Stapel gelaufenen Einheiten auswendig, und konnten uns ihre Bestückung, Tonnage, Geschwindigkeit in Knoten genauso fehlerlos vorbeten, wie wir etwa die Namen aller italienischen leichten Kreuzer, aller altmodischen brasilianischen Panzerschiffe und Monitore herunterschnurren konnten.
Später führte Mahlke auch in dieser Wissenschaft und sprach die Namen japanischer Zerstörer von der modernen, erst achtunddreißig fertiggestellten Kasumi-Klasse bis zu den langsamer laufenden Booten der im Jahre dreiundzwanzig modernisierten Asagao-Klasse fließend und ohne Stocken aus, sagte : »Humiduki, Satuki, Yuduki, Hokaze, Nadakaze und Oite.«
Die Angaben über polnische Flotteneinheiten waren schnell heruntergerasselt: Da gab es die beiden Zerstörer »Blyskawica« und »Grom«, Zweitausendtonnenboote, die ihre neununddreißig Knoten liefen, sich aber zwei Tage vor Kriegsausbruch absetzten, englische

Häfen anliefen und in die englische Flotte aufgenommen wurden. – Die »Blyskawica« gibt es heute noch. Sie liegt als schwimmendes Kriegsmarinemuseum in Gdingen und wird von Schulklassen besucht.
Denselben Kurs nach England nahm der Zerstörer »Burza«, ein Tausendfünfhunderttonnenboot, das dreiunddreißig Knoten lief. Von den fünf polnischen Unterseebooten gelang es nur dem Boot »Wilk« und, nach abenteuerlicher Fahrt ohne Seekarten und Kommandanten, dem Tausendeinhunderttonnenboot »Orzel«, englische Häfen anzulaufen. Die Boote »Rys«, »Zbik« und »Semp« ließen sich in Schweden internieren.
Bei Kriegsanfang lagen in den Häfen Gdingen, Putzig, Heisternest und Hela nur noch ein veralteter ehemaliger französischer Kreuzer, der als Schulschiff und Wohnhulk diente, sowie der Minenleger »Gryf«, ein starkbestücktes, auf der Werft Normand, Le Havre, erbautes Schiff von zweitausendzweihundert Tonnen, das regulär dreihundert Minen an Bord hatte. Ferner waren die »Wicher« als einziger Zerstörer, einige ehemalige deutsche Torpedoboote der kaiserlichen Marine zurückgeblieben; und jene sechs Minensuchboote der Czaika-Klasse, die achtzehn Knoten liefen, mit einem Siebenkommafünfbuggeschütz und vier Maschinengewehren auf Drehkränzen bestückt waren und nach offizieller Angabe zwanzig Minen mitführten, legten und räumten Minen.
Und eines dieser Hundertfünfundachtzigtonnenboote hatte man extra für Mahlke bauen lassen.
Der Seekrieg in der Danziger Bucht dauerte vom ersten September bis zum zweiten Oktober und zeigte nach der Kapitulation der Halbinsel Hela folgendes, rein äußerliches Ergebnis: Die polnischen Einheiten »Gryf«, »Wicher«, »Baltyk«, sowie drei Boote der Czaika-Klasse, die »Mewa«, die »Jaskolka«, die »Czapla«, waren ausgebrannt und in den Häfen gesunken; der deutsche Zerstörer »Lebe-recht Maass« wurde durch Artillerietreffer beschädigt, das Minensuchboot M 85 lief nordöstlich Heisternest auf eine polnische U-Boot-Mine, sank und verlor ein Drittel seiner Besatzung.
Erbeutet wurden nur die restlichen leichtbeschädigten drei Boote der Czaika-Klasse. Während die Boote »Zuraw« und »Czaika« bald darauf unter den Namen »Oxthöft« und »Westernplatte« in Dienst genommen werden konnten, begann das dritte Boot, die »Rybitwa«, als man sie von Hela nach Neufahrwasser abschleppte, Wasser zu machen, wegzusacken und auf Joachim Mahlke zu warten; denn er war es, der im Sommer darauf Schildchen aus Messing hochholte,

denen der Name »Rybitwa« eingraviert worden war. Später hieß es, ein polnischer Offizier und ein Bootsmannsmaat, die unter deutscher Bewachung das Ruder des Bootes bedienen mußten, hätten den Kahn, nach dem wohlbekannten Muster Scapa Flow, geflutet.
Aus diesen oder jenen Gründen soff es seitlich der Fahrrinne und Ansteuerungstonne Neufahrwasser ab und wurde nicht, obgleich es günstig auf einer der vielen Sandbänke lag, gehoben, sondern ragte während der folgenden Kriegsjahre mit den Brückenaufbauten, den Resten der Reling, mit verbogenen Entlüftern und den Halterungen des abmontierten Buggeschützes zuerst fremd, dann vertraut aus der See und gab Dir, Joachim Mahlke, ein Ziel; wie etwa jenes Schlachtschiff »Gneisenau«, das im Februar fünfundvierzig vor der Hafeneinfahrt Gdynia versenkt wurde, polnischen Schülern zum Ziel wurde; wenn auch ungewiß bleiben wird, ob es unter den tauchenden und die »Gneisenau« ausweidenden polnischen Jungs einen gab, der ähnlich besessen wie Mahlke unter Wasser ging.

III

Schön war er nicht. Er hätte sich seinen Adamsapfel reparieren lassen sollen. Womöglich lag alles nur an dem Knorpel.
Aber das Ding hatte seine Entsprechungen. Auch kann man nicht alles mit Proportionen beweisen wollen. Und seine Seele wurde mir nie vorgestellt. Nie hörte ich, was er dachte. Am Ende bleiben sein Hals und dessen viele Gegengewichte. Auch daß er getürmte Stullenpakete in die Schule, in die Badeanstalt schleppte und während des Unterrichtes, kurz vor dem Baden Margarinestullen tilgte, kann nur ein Hinweis mehr auf die Maus sein, denn die Maus kaute mit und war unersättlich.
Bleibt noch das Beten in Richtung Marienaltar. Der Gekreuzigte interessierte ihn nicht besonders. Es fiel auf, daß jenes Auf und Ab an seinem Hals zwar nicht verschwand oder gar zum Stillstand kam, wenn er die Fingerspitzen aneinander legte, doch schluckte er beim Beten in Zeitlupe und vermochte, durch übertrieben stilisierte Handhaltung von einem Fahrstuhl abzulenken, der, oberhalb seines Hemdkragens, seiner Anhängsel an Bindfäden, Schnürsenkeln und Kettchen, immer in Betrieb war.
Sonst war mit Mädchen nicht viel bei ihm los. Hätte er eine Schwester gehabt? Auch meine Cousinen konnten ihm nicht helfen. Sein Verhältnis zu Tulla Pokriefke zählt nicht, war besonderer Art und wäre als Zirkusnummer – er wollte ja Clown werden – nicht ohne gewesen, denn Tulla, ein Spirkel mit Strichbeinen, hätte genausogut ein Junge sein können. Jedenfalls hat sich das zerbrechliche Ding, das nach Laune mitschwamm, als wir den zweiten Sommer auf dem Kahn kleinbekamen, nie vor uns geniert, wenn wir die Badehosen schonten, uns blank auf dem Rost lümmelten und nichts oder nur ganz wenig mit uns anzufangen wußten.
Tullas Gesicht wäre mit einer Punkt Komma Strich Zeichnung wiederzugeben. Eigentlich hätte sie Schwimmhäute zwischen den Zehen haben müssen, so leicht lag sie im Wasser. Immer, auch auf dem Kahn, trotz Seetang, Möwen und säuerlichem Rost, stank sie nach Tischlerleim, weil ihr Vater in der Tischlerei ihres Onkels mit Leim zu tun hatte. Sie bestand aus Haut, Knochen und Neugierde. Ruhig, über gestütztem Kinn, guckte Tulla zu, wenn Winter oder Esch nicht mehr drum herum kamen und ihren Obolus entrichteten. Mit durchtretender Wirbelsäule hockte sie Winter, der immer lange brauchte, um fertig zu werden, gegenüber und maulte: »Mensch, das dauert aber.«

Als das Zeug endlich kam und auf den Rost klatschte, begann sie erst richtig zappelig zu werden, warf sich auf den Bauch, machte enge Rattenaugen, guckte guckte, wollte ichweißnichtwas entdecken, hockte wieder, ging auf die Knie, stand leicht x-beinig darüber und begann mit beweglichem großen Zeh zu rühren, bis es rostrot schäumte: »Mensch, prima! Mach Du jetzt mal, Atze.«
Dieses Spielchen – und es ging wirklich harmlos dabei zu — wurde Tulla nie langweilig. Näselnd bettelte sie: »Mach doch mal. Wer hat heut noch nich? Du bist jetzt dran.«
Immer fand sie Dumme und Gutmütige, die sich, auch wenn ihnen gar nicht danach war, an die Arbeit machten, damit sie etwas zu gucken hatte. Der einzige, der nicht mitmischte, bis Tulla das richtige anstachelnde Wörtchen fand, war – und deshalb wird diese Olympiade beschrieben – der große Schwimmer und Taucher Joachim Mahlke. Während wir alle jener schon in der Bibel belegten Beschäftigung allein oder – wie es im Beichtspiegel heißt – zu mehreren nachgingen, blieb Mahlke immer in seiner Badehose, guckte angestrengt in Richtung Hela. Wir waren sicher, daß er zu Hause, in seiner Bude zwischen Schnee-Eule und Sixtinischer Madonna den gleichen Sport betrieb. Da kam er gerade von unten hoch, bibberte wie üblich und brachte nichts mit, das er hätte vorzeigen können. Schilling hatte schon einmal für Tulla gearbeitet. Ein Küstenmotorschiff lief mit eigener Kraft ein. »Mach doch nochmal«, bettelte Tulla, denn Schilling konnte am meisten machen. Auf der Reede lag kein einziger Pott. »Nich nachem Baden. Morgen wieder.« Vertröstete Schilling, und Tulla drehte sich auf der Hacke, wippte auf gespreizten Zehen Mahlke gegenüber, der wie immer im Schatten hinter dem Kompaßhäuschen klapperte aber noch nicht hockte. Ein Hochseeschlepper mit Buggeschütz lief aus.
»Kannste das auch? Mach doch mal. Oder kannste das nich? Willste nich? Darfste nich?«
Mahlke trat halb aus dem Schatten und wischte Tulla links rechts mit Handfläche und Handrücken das kleine und gedrängt gezeichnete Gesicht. Das Ding an seinem Hals geriet außer Rand und Band. Auch der Schraubenzieher tat verrückt. Tulla weinte natürlich keinen Tropfen, lachte meckernd mit geschlossenem Mund, kugelte sich vor ihm, verdrehte ihre Gummiglieder und guckte aus mühelos geschlagener Brücke zwischen Strichbeinen hindurch solange in Richtung Mahlke, bis der, schon wieder im Schatten – und der Schlepper drehte nach Nordwest ab – »Na schön« sagte. »Damit Du endlich die Schnauze hältst.«

Tulla gab sogleich die Brücke auf und kauerte normal mit untergeschlagenen Beinen, als sich Mahlke die Badehose bis zu den Knien herunterpellte. Kinder staunten im Kasperletheater: einige kurze Bewegungen aus dem rechten Handgelenk heraus, und sein Schwanz stand so sperrig, daß die Eichel aus dem Schatten des Kompaßhäuschens herauswuchs und Sonne bekam. Erst als wir alle einen Halbkreis bildeten, reckte sich Mahlkes Stehaufmännchen wieder im Schatten.
»Darf ich mal schnell, nur ganz schnell?« Tullas Mund blieb offen. Mahlke nickte und ließ seine rechte Hand fallen aber als Griff bestehen. Tullas immer zerkratzte Hände wirkten verloren an jenem Ding, das unter prüfenden Fingerkuppen Umfang gewann, Geäder schwellen und die Eichel anlaufen ließ.
»Meß doch mal nach!« rief Jürgen Kupka. Einmal ganz und einmal knapp mußte Tulla die linke Hand spreizen. Jemand und noch jemand flüsterte: »Mindestens dreißig Zentimeter.« Das war natürlich übertrieben. Schilling, der von uns allen den längsten Riemen hatte, mußte seinen rausholen, zum Stehen bringen und danebenhalten: Mahlkes war erstens eine Nummer dicker, zweitens um eine Streichholzschachtel länger und sah drittens viel erwachsener gefährlicher anbetungswürdiger aus.
Er hatte es uns wieder einmal gezeigt und zeigte es uns gleich darauf noch einmal, indem er sich zweimal nacheinander etwas – wie wir es nannten – von der Palme lockte. Mit nicht ganz durchgedrückten Knien stand Mahlke knapp vor der verbogenen Reling hinter dem Kompaßhäuschen, guckte starr in Richtung Ansteuerungstonne Neufahrwasser, war etwa dem flachen Rauch des schwindenden Hochseeschleppers hinterdrein, ließ sich durch ein auslaufendes Torpedoboot der Möwe-Klasse nicht ablenken und gab, von den leicht über Bord ragenden Zehen bis zur Wasserscheide der Scheitellinie, sein Profil zur Ansicht: bemerkenswerterweise hob die Länge seines Geschlechtsteiles das sonst auffällige Hervortreten seines Adamsapfels auf und erlaubte einer, wenn auch bizarren, dennoch ausgewogenen Harmonie, seinen Körper zu ordnen.
Kaum hatte Mahlke die erste Ladung über die Reling gespritzt, begann er sogleich wieder von vorne. Winter stoppte die Zeit mit seiner wasserdichten Armbanduhr: etwa soviele Sekunden, wie das auslaufende Torpedoboot von der Molenspitze zur Ansteuerungstonne benötigte, benötigte auch Mahlke; er wurde, als das Boot die Tonne passierte, genausoviel los wie beim erstenmal: wir lachten überdreht, als sich die Möwen auf jenes, in den glatten, nur selten

krausen See schlingernde Zeug stürzten und nach mehr schrien.
Diese Darbietungen hat Joachim Mahlke weder wiederholen noch überbieten müssen, weil keiner von uns, jedenfalls nicht nach dem Schwimmen und auslaugenden Tauchen, seinen Rekord erreichte; denn was wir auch taten, wir trieben Sport und achteten die Regel.
Tulla Pokriefke, die er wohl am direktesten beeindruckt hatte, lief ihm eine Zeitlang nach, hockte auf dem Kahn immer in der Nähe des Kompaßhäuschens und starrte auf Mahlkes Badehose. Paarmal bettelte sie ihn an, aber er schlug alles ab, ohne wütend zu werden.
»Mußte das denn beichten?«
Mahlke nickte und spielte, um ihren Blick zu lenken, mit seinem Schraubenzieher am Schnürsenkel.
»Nimmste mich mal mit runter? Allein hab ich Angst. Möcht wetten, da is nochen Toter unten.«
Wohl aus erzieherischen Gründen nahm Mahlke Tulla ins Vorschiff mit. Er tauchte mit ihr viel zu lange, denn als er sie hochbrachte, hing sie ihm graugelb im Griff, und wir mußten den leichten, überall flachen Körper auf den Kopf stellen.
Von jenem Tag an war Tulla Pokriefke nur noch wenige Male dabei und ging uns, obgleich sie patenter war als andere Mädchen ihres Alters, mit ewigem Gequatsche vom toten Mariner im Kahn mehr und mehr auf die Nerven. Aber das war ihr großes Thema. »Wer mir den hochbringt, der darf mal«, versprach Tulla als Belohnung.
Es mag sein, daß wir alle unten im Vorschiff und Mahlke im Maschinenraum, ohne es uns einzugestehen, nach einem halbaufgelösten polnischen Matrosen suchten; nicht etwa um das unfertige Ding zu stoßen, sondern so, einfach so.
Aber auch Mahlke fand nichts, außer einigen tangverfilzten brüchigen Klamotten, aus denen sich Stichlinge schnellten, bis die Möwen etwas merkten und Mahlzeit sagten.

Nein, Mahlke machte sich nicht viel aus Tulla, wenn sie auch später mit ihm zu tun bekommen haben soll. Er war nicht für Mädchen, auch nicht für Schillings Schwester. Und meine Cousinen aus Berlin hat er angeguckt wie ein Fisch. Wenn überhaupt, dann war mit Jungens bei ihm etwas los; womit ich nicht sagen will, daß Mahlke verkehrt herum war; in jenen Jahren, da wir regelmäßig zwischen der Badeanstalt und dem auf Grund liegenden Kahn pendelten, wußten wir alle nie genau, ob wir Männchen oder Weibchen waren. Eigentlich – mögen später Gerüchte und Handfestes dagegen gesprochen haben – gab es für Mahlke, wenn schon Frau, nur die katholische

Jungfrau Maria. Nur ihretwegen hat er alles, was sich am Hals tragen und zeigen ließ, in die Marienkapelle geschleppt. Alles, vom Tauchen bis zu den späteren, mehr militärischen Leistungen, hat er für sie getan oder aber – schon muß ich mir widersprechen – um von seinem Adamsapfel abzulenken. Schließlich kann noch, ohne daß Jungfrau und Maus überfällig werden, ein drittes Motiv genannt werden: Unser Gymnasium, dieser muffige, nicht zu lüftende Kasten, und besonders die Aula, bedeuteten Joachim Mahlke viel, und zwangen Dich später, letzte Anstrengungen zu machen.

Es ist jetzt an der Zeit, zu sagen, was für ein Gesicht Mahlke hatte. Einige von uns haben den Krieg überstanden, leben in kleinen Kleinstädten und großen Kleinstädten, sind korpulent geworden, haben Haarausfall und verdienen einigermaßen. Schilling sprach ich in Duisburg und Jürgen Kupka in Braunschweig, kurz bevor er nach Kanada auswanderte. Beide fingen sofort mit dem Adamsapfel an: »Mensch, hatte der nicht irgendwas am Hals. Und haben wir ihm nicht mal eine Katze. Warst Du das nicht, der die Katze an seinen Hals . . .« und ich mußte unterbrechen: »Mein ich nicht, meine nur das Gesicht.«

Behelfsmäßig wurden wir uns einig: Er hatte graue oder graublaue, helle aber nicht leuchtende, auf keinen Fall braune Augen. Das Gesicht länglich mager, um die Backenknochen muskulös. Die Nase nicht auffallend groß aber fleischig, bei kaltem Wetter schnell gerötet. Vom ausladenden Hinterkopf wurde schon berichtet. Schwer konnten wir uns über Mahlkes Oberlippe einigen. Jürgen Kupka war meiner Meinung: Aufgestülpt stand sie vor und konnte die beiden oberen Schneidezähne, die gleichfalls nicht senkrecht sondern hauerartig schräg standen, nie ganz verdecken – außer beim Tauchen natürlich. Und schon begannen wir zu zweifeln, erinnerten uns, die kleine Pokriefke habe auch eine Stülplippe und immer sichtbare Schneidezähne gehabt. Wir waren am Ende nicht sicher, ob wir Mahlke und Tulla im besonderen Fall der Oberlippe verwechselten. Vielleicht hatte wirklich nur sie eine, denn sie hatte eine, das steht fest.

Schilling in Duisburg – wir trafen uns in der Bahnhofgaststätte, weil seine Frau etwas gegen unangemeldete Besuche hatte – erinnerte mich an jene Karikatur, die einige Tage lang in unserer Klasse Krach bewirkt hatte. Etwa einundvierzig tauchte bei uns ein langer, gebrochen aber fließend sprechender Kerl auf, den sie mit seiner Familie aus dem Baltikum umgesiedelt hatten: adlig, immer elegant, konnte

Griechisch, quasselte wie ein Buch, Vater war Baron, trug im Winter Pelzmütze, wie hieß er bloß, jedenfalls Karel mit Vornamen. Und der konnte zeichnen, ganz schnell, nach Vorlagen und ohne Vorlagen: Pferdeschlitten mit Wölfen drum herum, betrunkene Kosaken, Juden wie aus dem »Stürmer«, nackte Mädchen auf Löwen, überhaupt nackte Mädchen mit ganz langen Porzellanbeinen, aber nie schweinisch, dafür Bolschewisten, die kleine Kinder mit den Zähnen zerrissen, Hitler als Karl der Große komstümiert, Rennautos, in denen Damen mit langen wehenden Shawls am Steuer saßen; und besonders fix und geschickt warf er mit Pinsel, Feder oder Rötelstift Karikaturen der Lehrer und Mitschüler auf jedes Stück Papier oder mit Kreide auf die Tafel; Mahlke, jedenfalls, schmiß er nicht mit Rötel aufs Papier, sondern mit knirschender Schulkreide auf die Schultafel. Er zeichnete ihn von vorne. Damals trug Mahlke schon den affigen und mit Zuckerwasser fixierten Mittelscheitel. Das Gesicht gab er als zum Kinn hin gespitztes Dreieck wieder. Der Mund sauer verkniffen. Keine Spur von sichtbaren Schneidezähnen, die als Hauer Effekt gemacht hätten. Die Augen, stechende Punkte unter schmerzlich gehobenen Brauen. Der Hals gewunden, halb im Profil, mit einer Ausgeburt von Adamsapfel. Und hinter Kopf und Leidensmiene ein kreisrunder Heiligenschein: der Erlöser Mahlke war perfekt und verfehlte seine Wirkung nicht.
Wir wieherten in den Bänken und kamen erst zu uns, als jemand den hübschen Karel Soundso bei den Knöpfen hatte, zuerst mit bloßer Faust, dann, kurz bevor wir die beiden trennen konnten, mit stählernem Schraubenzieher, den er vom Hals gerissen hatte, neben dem Katheder zusammenschlagen wollte.
Ich war es, der Dein Abbild als Erlöser mit dem Schwamm von der Tafel wischte.

IV

Ohne und mit Spott: Vielleicht wäre aus Dir kein Clown aber so etwas wie ein Modeschöpfer geworden; denn es war Mahlke, der im Winter nach dem zweiten Sommer auf dem Kahn die sogenannten Puscheln in die Welt setzte: einfarbige oder buntgemischte, immer aber zwei tischtennisballgroße Wollbällchen wurden an geflochtener Wollschnur unter dem Hemdkragen wie eine Krawatte geführt und vorne zur Schleife gebunden, bis Bällchen und Bällchen, etwa nach dem System der Fliege, querstanden. Ich habe mir bestätigen lassen, man habe vom dritten Kriegswinter an, besonders in Gymnasiastenkreisen, diese Bällchen oder Puscheln – so nannten wir sie – beinahe überall in Deutschland, am häufigsten aber in Nord- und Ostdeutschland getragen. Bei uns führte Mahlke sie ein. Er hätte sie erfunden haben können. Vielleicht war er auch ihr Erfinder, hat mehrere Paar Puscheln, nach seinen Angaben, von seiner Tante Susi aus Wollresten, aus dünngewaschener aufgeribbelter Wolle, aus den oftgestopften Wollsocken seines verstorbenen Vaters anfertigen lassen und brachte sie, am Hals gebunden und auffällig, in die Schule mit.
Zehn Tage später lagen sie in den Textilläden, noch schamhaft unsicher in Pappkartons neben der Kasse, bald darauf, und was wichtig war, bezugscheinfrei, hübsch arrangiert in den Schaufenstern und traten, weiterhin unbewirtschaftet, von Langfuhr aus ihren Siegeszug durch Ost- und Norddeutschland an, wurden, – ich habe Zeugen — sogar in Leipzig, in Pirna getragen und kamen vereinzelt und nach Monaten, als Mahlke die Puscheln schon wieder abgelegt hatte, bis ins Rheinland und in die Pfalz. Ich weiß den Tag genau, an dem Mahlke sich seine Erfindung wieder vom Hals nahm und werde später davon berichten.
Wir trugen die Puscheln noch lange und schließlich aus Protest, weil unser Direktor, Oberstudienrat Klohse, das Puschelntragen weibisch, eines deutschen Jungen nicht würdig nannte und innerhalb des Schulgebäudes, auch auf dem Pausenhof verbot. Viele befolgten Klohses Anordnung, die als Rundschreiben in allen Klassen verlesen wurde, nur während seiner Unterrichtsstunden. Papa Brunies, ein ausgedienter Studienrat, den sie während des Krieges wieder hinters Katheder gestellt hatten, fällt mir im Zusammenhang mit Puscheln ein: immer wieder hatte er seinen Spaß an den bunten Dingern, hat sich auch ein- oder zweimal, als Mahlke schon keine mehr trug, Puscheln vor seinen Stehkragen gebunden und in dieser Aufmachung

Eichendorff, »Dunkle Giebel, hohe Fenster . . .« oder etwas anderes, auf jeden Fall Eichendorff, seinen Lieblingsdichter zitiert. – Oswald Brunies war naschhaft, den Süßigkeiten verfallen und wurde später, angeblich weil er Vitamin-Tabletten, die den Schülern ausgeteilt werden mußten, an sich genommen haben soll, wahrscheinlich aber aus politischen Gründen – Brunies war Freimaurer – im Schulgebäude verhaftet. Schüler wurden verhört. Ich hoffe, nicht gegen ihn ausgesagt zu haben. Seine Pflegetochter, ein puppiges Wesen, das Ballettstunden nahm, trug Trauerschwarz durch die Straßen; sie brachten ihn nach Stutthof – dort verblieb er – eine dunkle verzweigte Geschichte, die an anderer Stelle doch nicht von mir, und auf keinen Fall im Zusammenhang mit Mahlke, niedergeschrieben werden soll. Zurück zu den Puscheln. Natürlich hatte Mahlke sie erfunden, um seinem Adamsapfel was Gutes anzutun. Eine Zeitlang vermochten sie, den unbändigen Hüpfer zu beruhigen, als aber die Puscheln überall, sogar in der Sexta Mode wurden, fielen sie auch am Halse ihres Erfinders nicht mehr auf: und so sehe ich Joachim Mahlke während des Winters einundvierzig zweiundvierzig – der für ihn schlimm gewesen sein muß, denn mit Tauchen war nichts und die Puscheln versagten – immerzu und in monumentaler Einsamkeit, die Osterzeile hinunter kommen, den Bärenweg, in Richtung Marienkapelle, herauf kommen: mit hohen schwarzen Schnürschuhen auf knirschendem aschebestreutem Schnee. Keine Mütze. Rot und glasig die abstehenden Ohren. Vom Zuckerwasser und Frost erstarrtes, vom hinteren Wirbel weg in der Mitte gescheiteltes Haar. Leidend zur Nasenwurzel strebende Brauen. Entsetzte Augen, die wasserblaß mehr sehen, als da ist. Hochgeschlagen der Mantelkragen. – Auch den Mantel hinterließ der verstorbene Vater ihm. – Ein grauer Wollshawl dicht unterm spitzen bis kümmerlichen Kinn übereinandergelegt und mit großer, schon von weitem deutlicher Sicherheitsnadel am Verrutschen gehindert. Alle zwanzig Schritte kommt seine rechte Hand aus der Manteltasche und prüft die Ordnung des Shawls vor seinem Hals – Spaßmacher, den Clown Grock, auch Chaplin im Kino, sah ich mit ähnlich großen Sicherheitsnadeln arbeiten – und Mahlke übt: Männer, Frauen, Uniformierte, die Urlaub haben, Kinder, einzelne und als Knäuel, wachsen ihm über dem Schnee entgegen. Allen, auch Mahlke, weht der Atem weiß vom Mund weg über die Schulter. Und alle Augen, die ihm entgegenkommen, sind auf die komische, sehr komische, schrecklich komische Sicherheitsnadel gerichtet – mag Mahlke bei sich denken.

Im gleichen strengen und trockenen Winter machte ich mit zwei Cousinen, die über die Weihnachtsferien aus Berlin gekommen waren, und mit Schilling, damit die Partei aufging, einen Ausflug über die zugefrorene See zu unserem eingefrorenen Minensuchboot. Wir wollten ein bißchen angeben und den Mädchen, die hübsch glatt blond kraus und von Berlin her verwöhnt waren, etwas Besonderes, unseren Kahn bieten. Auch hofften wir, mit den Dingern, die in der Straßenbahn und am Strand geniert getan hatten, auf dem Kahn irgend etwas Dolles, wir wußten noch nicht was, anstellen zu können. Mahlke verpatzte uns den Nachmittag. Da Eisbrecher die nahe Fahrrinne zur Hafeneinfahrt mehrmals hatten aufbrechen müssen, hatten sich Schollen bis vor den Kahn geschoben und bildeten, ineinander verkeilt und gestapelt, einen zerklüfteten, vom Wind berührten, deshalb singenden Wall, der einen Teil der Brückenaufbauten verdeckte. Wir sahen Mahlke erst, als wir auf etwa mannshoher Barriere standen und die Mädchen zu uns herauf gezogen hatten. Die Brücke, das Kompaßhäuschen, die Entlüfter hinter der Brücke, was sonst noch stehengeblieben war, bildeten einen einzigen, weißbläulich glasierten Bonbon, den eine froststarre Sonne vergeblich leckte. Keine Möwen. Die waren weiter draußen, über dem Abfall eingefrorener Frachter auf der Reede.
Natürlich hatte Mahlke den Mantelkragen hochgeschlagen, den Shawl bis dicht unters Kinn gebunden, die Sicherheitsnadel davor. Nichts auf dem Kopf und Mittelscheitel, aber Ohrenschützer, wie Müllmänner und Bierkutscher sie trugen, drückten rund schwarz, von einem Blechbügel gespannt, der als Querbalken seinen Scheitel kreuzte, Mahlkes beide, sonst abstehende Ohren.
Er bemerkte uns nicht, weil er auf der Eisdecke über dem Vorschiff schuftete, daß ihm heiß sein mußte. Mit handlichem Beilchen versuchte er, das Eis etwa dort aufzuschlagen, wo unter der Schicht die offene Luke zum Vorschiff liegen mochte. Mit raschen kurzgeführten Schlägen trieb er eine kreisförmige Spur, die den Umfang eines Kanaldeckels nachzeichnete. Schilling und ich sprangen von der Barriere, fingen die Mädchen auf und stellten sie ihm vor. Handschuhe mußte er keine ausziehen. Das Beilchen wechselte in seine Linke, alle bekamen eine rechte, prickelnd heiße Hand gereicht, die sofort wieder zum Beilchen zurückkehrte und an der Rinne hackte, als wir unsere Hände gereicht hatten. Beiden Mädchen stand der Mund leicht offen. Kleine Zähne wurden kalt. Als Reif schlug Atem an Kopftücher. Mit glatten Augen starrten sie hin, wo sich Eisen und Eis bissen. Wir standen abgemeldet daneben und begannen, obgleich

wir wütend auf ihn waren, von seinen Tauchertaten, und somit vom Sommer zu erzählen: »Schildchen hat er, na, und den Feuerlöscher, Konserven, sag ich Euch, gleich mit nem Büchsenöffner, war Menschenfleisch drinnen, und aus dem Grammophon, als er's oben hatte, kroch was, und einmal hat er . . .«
Die Mädchen begriffen nicht alles, stellten saudumme Fragen und sagten zu Mahlke »Sie«. Er hackte unentwegt, schüttelte den Kopf mit den Ohrenschützern, wenn wir übertrieben laut seinen Taucherruhm überm Eis verbreiteten, vergaß aber nie, mit der freien Hand nach seinem Shawl und der Sicherheitsnadel zu tasten. Als wir uns verausgabt hatten und nur noch froren, machte er, ohne sich ganz aufzurichten, zwischen zwanzig und zwanzig Schlägen kurze Pausen, die er mit bescheidenen Worten und sachlichem Bericht füllte. Sicher und verlegen zugleich betonte er die kleineren Tauchversuche, unterschlug gewagte Expeditionen, erzählte mehr von seiner Arbeit als von seinen Abenteuern im nassen Innern des abgesoffenen Minensuchbootes trieb die Spur immer tiefer in die Eisdecke. Nicht, daß meine Cousinen von Mahlke hingerissen waren; dafür blieb er in der Wortwahl zu flau und witzlos. Auch hätten die beiden Dinger sich nie mit einem Typ eingelassen, der wie ein Opa schwarze Ohrenschützer trug. Dennoch blieben wir abgemeldet. Zu kleinen frierenden Jungs, die verlegen, mit laufenden Nasen deutlich daneben standen, machte er uns; und die Mädchen behandelten mich und Schilling, auch während des Rückweges, nur noch von oben herab.
Mahlke blieb, wollte das Loch fertig hacken und sich den Beweis liefern, daß er die Stelle über der Luke getroffen hatte. Zwar sagte er nicht: »Bleibt doch, bis ich durch bin«, verzögerte aber, als wir schon auf dem Eiswall standen, unseren Aufbruch um knappe fünf Minuten, indem er halblaut, aber nicht zu uns hoch, mehr in Richtung der eingefrorenen Frachter auf der Reede, Worte streute, doch den Rücken nicht streckte.
Er bat uns, ihm zu helfen. Oder gab er einen Befehl, höflich ausgesprochen? Jedenfalls sollten wir unser Wasser in seiner keilförmig geschlagenen Rinne ablassen und mit warmem Urin das Eis auftauen, zumindest weich machen. Bevor Schilling oder ich sagen konnten: »Kommt nicht in die Tüte!« oder: »Wir haben schon auf dem Hinweg«, jubelten meine Cousinen hell und hilfsbereit: »Au ja! Aber Ihr müßt weggucken, Sie auch, Herr Mahlke.«
Nachdem Mahlke den beiden erklärt hatte, wo sie sich hinhocken sollten – er sagte, der Strahl müsse immer dieselbe Stelle treffen, sonst helfe das nichts, – kletterte er auf den Wall und drehte sich mit

uns in Richtung Strand. Während sich hinter uns das Strullen unter Gekicher und Flüstern gleichzeitig zweistimmig vollzog, hielten wir uns an das schwarze Ameisengewimmel vor Brösen und auf dem vereisten Seesteg. Die gezählten Pappeln der Strandpromenade siebzehnmal verzuckert. Die goldene Kugel auf der Spitze des Kriegerdenkmales, das als Obelisk aus dem Brösener Wäldchen ragte, gab uns aufgeregte Blinkzeichen. Überall Sonntag.
Als die Skihosen der Mädchen wieder hochgeklettert waren, und wir unten mit Schuhspitzen um die Rinne standen, dampfte der Kreis immer noch und besonders an jenen zwei Stellen, die Mahlke vorsorgend mit dem Beil angekreuzt hatte. Blaßgelb stand das Wasser im Graben und sickerte knisternd weg. Grüngolden liefen die Ränder der Spur an. Das Eis sang weinerlich. Scharfer Geruch blieb, weil nichts roch und dagegen ankam, lange stehen und wurde strenger, als Mahlke mit dem Beilchen in dem Sud nachhackte und etwa soviel Eisgrütze aus der Rinne kratzte, wie ein normaler Eimer hätte fassen können. Besonders an den zwei bezeichneten Stellen gelang es ihm, Schächte zu bohren, Tiefe zu gewinnen.
Als die weiche Schicht seitlich gehäuft lag und sogleich unterm Frost verharschte, markierte er zwei neue Stellen. Die Mädchen mußten sich wegdrehen, wir knöpften uns auf und halfen Mahlke, indem wir weitere Zentimeter der Eisdecke auftauten und zwei neue Löcher bohrten, die aber immer noch nicht tief genug waren. Er schlug sein Wasser nicht ab. Wir forderten ihn auch nicht dazu auf, befürchteten eher, die Mädchen könnten ihn ermuntern.
Sobald wir fertig waren, und ehe meine Cousinen den Mund aufmachen konnten, schickte Mahlke uns weg. Als wir wieder auf dem Wall standen und hinter uns blickten, hatte er seinen Shawl, ohne den Hals freizulegen, mitsamt der Sicherheitsnadel über Kinn und Nase gezogen. Die Wollbällchen oder Puscheln, rotweiß gesprenkelt, bekamen zwischen Shawl und Mantelkragen frische Luft. Er hackte schon wieder in jener von uns und den Mädchen flüsternden Spur, beugte den Rücken hinter flüchtigen Schleiern Waschküchendunst, in denen die Sonne wühlte.

Während des Rückweges in Richtung Brösen war nur noch von ihm die Rede. Beide Cousinen stellten abwechselnd oder gleichzeitig Fragen, die nicht alle zu beantworten waren. Erst als die Jüngere wissen wollte, warum Mahlke den Shawl so hoch am Kinn und wie einen Halsverband trug, als die Ältere auch mit dem Shawl anfing, erfaßte Schilling die kleine Chance und begann, Mahlkes Adamsapfel zu beschreiben, als handelte es sich um einen Kropf. Auch machte er übertriebene Schluckbewegungen, mimte den kauenden Mahlke, verstaute seine Skimütze, scheitelte sein Haar mit den Fingern andeutungsweise in der Mitte und erreichte endlich, daß die Mädchen lachten, Joachim Mahlke komisch und oben nicht ganz richtig nannten. Aber trotz dieses kleinen Sieges auf Deine Kosten – auch ich gab mein Scherflein und imitierte Dein Verhältnis zur Jungfrau Maria – fuhren meine Cousinen eine Woche später wieder nach Berlin, ohne daß wir mit ihnen, außer den üblichen Knutschereien im Kino, irgend etwas Dolles hatten anstellen können.

Hier darf nicht verschwiegen werden, daß ich am folgenden Tage ziemlich früh mit der Bahn nach Brösen fuhr, im dicken Küstennebel übers Eis lief, den Kahn beinahe verpaßte, das Eisloch über dem Vorschiff fertig fand, die schon wieder tragende Eisschicht, die sich über Nacht neugebildet hatte, mühevoll mit dem Schuhabsatz und einem Spazierstock meines Vaters, den ich vorsorglich hatte mitgehen lassen, eintrat, kleinhackte und mit dem Stock, der eine Eisenspitze hatte, in dem grauschwarzen Loch zwischen der Eisgrütze stocherte. Fast war der Stock bis zur Krücke verschwunden, schon schwappte es mir bis zum Handschuh, da stieß die Spitze auf das Vorderdeck, nein, nicht auf's Vorderdeck, zuerst stieß ich ins Bodenlose, und erst als ich den Stock seitlich am Rand des Eisloches entlangführte, bekam er auch unten Widerstand: und ich ließ Eisen an Eisen entlanglaufen: es war genau die deckellose offene Luke zum Vorschiff. Wie ein Teller unter dem anderen liegt, wenn man zwei Teller ineinander stellt, lag die Luke unter dem Eisloch – Lüge, lag nicht genau wie, es gibt kein genau wie: entweder war die Luke ein bißchen größer oder das Eisloch war ein bißchen größer; aber ziemlich genau darunter öffnete sich die Luke, und ich verspürte eine Art sahnebonbonsüßen Stolz auf Joachim Mahlke, und hätte Dir gerne meine Armbanduhr geschenkt.
Gute zehn Minuten blieb ich, saß auf dem kreisrunden, starke vierzig Zentimeter dicken Eisdeckel, der neben dem Loch lag. Im unteren zweiten Drittel der Scholle lief rundum jene zartgelbe Urinspur vom Vortag. Wir hatten ihm helfen dürfen. Aber Mahlke hätte sein Loch auch alleine gehackt. Kam er womöglich ohne Publikum aus? Gab es Sachen, die er nur sich zeigte? Denn nicht einmal die Möwen hätten Dein Eisloch über der Luke im Vorschiff bewundert, wenn ich nicht gekommen wäre, Dich zu bewundern.

Er hatte immer Publikum. Wenn ich jetzt sage: Er hatte immer, auch als er alleine auf dem vereisten Kahn seine runde Spur trieb, die Jungfrau Maria hinter oder vor sich, und sie schaute ihm auf das Beilchen, war begeistert von ihm, müßte mir die Kirche eigentlich recht geben; aber selbst wenn die Kirche nicht in der Jungfrau Maria die unentwegte Zuschauerin Mahlkescher Kunststückchen sehen darf, guckte sie ihm dennoch aufmerksam zu; denn ich weiß Bescheid: war ja Ministrant, zuerst unter Hochwürden Wiehnke in der Herz-Jesu- Kirche, dann unter Gusewski in der Marienkapelle. Machte noch mit, als ich den Glauben an den Zauber vor dem Altar schon lange, quasi mit dem Größerwerden verloren hatte. Bereitete mir Spaß, das Hin und Her. Gab mir auch Mühe. Bot nicht das übliche Geschlurfe. War auch nie und bin bis heute nicht sicher, ob vielleicht doch etwas dahinter oder davor oder im Tabernakel ... Hochwürden Gusewski, jedenfalls, war immer wieder froh, wenn ich ihm als einer der beiden Ministranten zur Seite stand, weil ich niemals zwischen Opfer und Wandlung, wie es üblich war unter seinen Jungs, Zigarettenbildchen tauschte, nie die Schellen nachbimmeln ließ und auch keinen Handel mit dem Meßwein trieb. Denn die Meßdiener sind die Allerschlimmsten: nicht nur, daß sie ihren gewohnten Jungenskram auf den Altarstufen ausbreiteten, um Münzen oder ausgediente Kugellager wetteten, sie fragten sich schon während der Staffelgebete und an Stelle des Meßtextes oder zwischen Latein und Latein, nach den technischen Einzelheiten noch schwimmender oder schon versenkter Kriegsschiffe ab: »Introibo ad altare dei – In welchem Jahre lief der Kreuzer »Eritrea« vom Stapel? – Sechsunddreißig. Besonderheiten? – Ad Deum, qui laetificat juventutem meam. – Einziger italienischer Kreuzer für Ostafrika. Wasserverdrängung? – Deus fortitudo mea – Zweitausendeinhundertzweiundsiebzig. Wieviel Knoten läuft er? – Et introibo ad altare Dei – Weiß nicht. Bestückung? – Sicut erat in principio – Sechs Fünfzehnzentimeter, vier Siebenkommasechs ... Falsch! – et nunc et semper – Richtig. Wie heißen die deutschen Artillerieschulschiffe? – et in saecula saeculorum, Amen. – Sie heißen Brummer und Bremse.«

Später diente ich nicht mehr regelmäßig in der Marienkapelle, kam nur noch, wenn Gusewski nach mir schickte, weil seine Jungs ihn wegen sonntäglicher Geländemärsche, oder weil sie fürs Winterhilfswerk sammeln mußten, im Stich gelassen hatten.

Dieses alles soll nur gesagt sein, damit mein Platz vor dem Hauptaltar beschrieben ist, denn vom Hauptaltar aus gelang es mir, Mahlke zu beobachten, wenn er vor dem Marienaltar kniete. Und beten konnte er! Sein Kalbsblick. Immer glasiger wurde sein Auge. Sein Mund säuerlich und ohne Interpunktion in Bewegung. Auf den Strand geworfene Fische schnappen so regelmäßig nach Luft. Dieses Bild mag beweisen, wie rücksichtslos Mahlke beten konnte: Wenn Hochwürden Gusewski und ich die Kommunionbank abklapperten und wir zu Mahlke kamen, der immer, vom Altar aus gesehen, links außen kniete, kniete dort einer, der alle Vorsicht, den Shawl und die riesige Sicherheitsnadel fallen gelassen hatte, der starre Augen machte, der den Kopf mit Mittelscheitel in den Nacken legte, der die Zunge ausfahren ließ und in dieser Haltung jene lebendige Maus freigab, die ich mit der Hand hätte fangen können, so schutzlos war das Tierchen unterwegs. Aber vielleicht merkte Joachim Mahlke, daß sein Blickfang frei lag und ruckte. Womöglich half er durch übertriebenes Schlucken nach, um die Glasaugen der seitlich stehenden Jungfrau zu ködern; denn ich kann und will nicht glauben, daß Du jemals auch nur das Geringste ohne Publikum getan hättest.

V

In der Marienkapelle habe ich ihn nie mit Puscheln gesehen. Immer seltener, obgleich sich die Schülermode erst voll zu entfalten begann, kam er mit den Wollbällchen. Manchmal, wenn wir zu dritt unter immer demselben Kastanienbaum des Pausenhofes standen und über wollenen Unsinn hinweg durcheinander sprachen, nahm Mahlke sich die Puscheln vom Hals, um sie unentschlossen und in Ermangelung besserer Gegengewichte, nach dem zweiten Pausenzeichen wieder zur Schleife zu binden.
Als zum erstenmal ein ehemaliger Schüler und Abiturient unserer Schule von der Front zurückkam, unterwegs dem Führerhauptquartier einen Besuch abgestattet und nun den begehrten Bonbon am Hals hatte, rief uns, mitten im Unterricht, ein besonderes Klingelzeichen in die Aula. Wie nun der junge Mann am Kopfende des Saales, vor drei hohen Fenstern, vor großblätterigen Topfpflanzen und dem Halbkreis des versammelten Lehrerkollegiums, nicht etwa hinter dem Katheder, sondern mit dem Bonbon am Hals neben dem altbraunen Kasten stand und über unsere Köpfe mit kleinem hellrotem Kußmund hinwegsprach, auch erläuternde Bewegungen machte, sah ich, wie Joachim Mahlke, der eine Reihe vor mir und Schilling saß, seine Ohren durchsichtig werden, hochrot anlaufen ließ, sich steif zurücklehnte, dann links rechts mit Händen am Hals nestelte, würgte, endlich etwas unter die Bank warf: Wolle, Puscheln, die Bällchen, grün rot gemischt, glaube ich. Und der da seinen Mund anfangs etwas zu leise aufmachte, ein Leutnant der Luftwaffe, sprach stockend, auf die sympathisch unbeholfene Art und errötete mehrmals, ohne daß seine Rede den Anlaß gegeben haben konnte: ». . . nun müßt Ihr nicht denken, das läuft wie ne Kanickeljagd, mit drauf und los und hastenichjesehn. Oft wochenlang nichts. Aber als wir an den Kanal – dachte ich, wenn hier nicht, dann nirgends. Und es klappte. Gleich beim ersten Einsatz kam uns ein Verband mit Jagdschutz vor die Nase, und das Karrussel, sag ich, mal über mal unter den Wolken, war perfekt: Kurvenflug. Ich versuche mich höherzuschrauben, unter mir kreiseln drei Spitfire, schirmen sich ab, denke, wär doch gelacht, wenn nicht, stoße steil von oben, hab ihn drinnen, und da zeigt er schon Spuren, kann noch gerade meine Mühle auf die linke Tragflächenspitze, als ich auch schon eine zweite im Gegenkurs kommende Spitfire im Visierkreis, halte auf Propellernarbe, er oder ich; na, wie Ihr seht, er mußte in den Bach, und ich dachte mir, wenn du schon zwei hast, versuch es doch mal mit dem dritten und so

weiter, wenn nur der Sprit reicht. Und da wollen sie auch schon unter mir, sieben im aufgelösten Verband abschwirren, ich, immer die liebe Sonne hübsch im Rücken, picke mir einen raus, der bekommt seinen Segen, wiederhole die Nummer, klappt auch, zieh den Knüppel nach hinten bis zum Anschlag, als mir der Dritte vor die Spritze: schert nach unten aus, muß ihn erwischt haben, instinktiv hinterdrein, bin ihn los, Wolken, hab ihn wieder, drück nochmal auf die Tube, da routiert er im Bach, aber auch ich bin kurz vorm Badengehen; weiß wirklich nicht mehr, wie ich die Mühle hochbekommen habe. Jedenfalls als ich bei uns zu Hause angewackelt komme – wie Ihr sicher wißt oder in der Wochenschau gesehen habt, wackeln wir mit den Tragflächen, wenn wir was runtergeholt haben – bekomm ich das Fahrwerk nicht raus, klemmte. Und so mußte ich meine erste Bauchlandung. Später, in der Kantine: ich hätte einwandfrei sechs, hatte natürlich während nicht mitgezählt, war natürlich viel zu aufgeregt gewesen, natürlich war die Freude groß, aber gegen vier mußten wir nochmal hoch, kurz und gut: das verlief beinahe wie früher, wenn wir hier auf unserem guten alten Pausenhof – denn den Sportplatz gab es noch nicht – Handball spielten. Vielleicht wird sich Studienrat Mallenbrandt erinnern: entweder warf ich kein Tor oder gleich neun Tore; und so war es auch an dem Nachmittag: zu den sechs vom Vormittag kamen noch drei weitere; das war mein neunter bis siebzehnter; aber erst ein gutes halbes Jahr später, als ich die Vierzig voll hatte, wurde ich von unserem Chef, und als ich dann ins Führerhauptquartier, hatte ich schon vierundvierzig auf der Latte; denn wir am Kanal kamen kaum raus aus den Mühlen, blieben gleich, während das Bodenpersonal, nicht jeder hat das durchhalten können; will nun aber mal zur Abwechslung was Lustiges: Auf jedem Fliegerhorst gibt es einen Staffelhund. Und als wir eines Tages unserem Staffelhund Alex, weil gerade allerschönstes Wetter war . . .«
So etwa äußerte sich jener hochdekorierte Leutnant, gab zwischen zwei Luftkämpfen, als Einlage, die Geschichte des Staffelhundes Alex, der das Abspringen mit dem Fallschirm lernen mußte, auch das Anekdötchen vom Obergefreiten, der bei Alarm immer zu spät aus den Wolldecken kam und mehrmals im Schlafanzug seine Einsätze fliegen mußte.
Der Leutnant lachte mit, wenn die Schüler, sogar die Primaner lachten, und einige Lehrer sich das Schmunzeln erlaubten. Er hatte sechsunddreißig in unserer Schule das Abitur gemacht und wurde im Jahre dreiundvierzig über dem Ruhrgebiet abgeschossen. Dunkelbraune, ungescheitelte und straff zurückgekämmte Haare hatte er, war nicht

besonders groß, eher ein zierlicher, in einem Nachtlokal servierender Kellner. Beim Sprechen hielt er eine Hand in der Tasche, zeigte die versteckte Hand aber sofort, wenn ein Luftkampf geschildert und mit beiden Händen anschaulich gemacht werden sollte. Dieses Spiel mit durchgedrückten Handflächen beherrschte er nuancenreich, konnte, während er aus den Schultern heraus lauerndes Kurvenfliegen mimte, auf lange erklärende Sätze verzichten, streute allenfalls Stichworte und überbot sich, indem er Motorengeräusche vom Starten bis zum Landen in die Aula röhrte oder stotterte, wenn ein Motor defekt war. Man konnte annehmen, daß er diese Nummer im Kasino seines Fliegerhorstes geübt hatte, zumal das Wörtchen Kasino: »Wir saßen alle friedlich im Kasino und hatten . . . Gerade als ich ins Kasino will, weil ich . . . Bei uns im Kasino hängt . . .« in seinem Mund zentrale Bedeutung hatte. Aber auch sonst, und abgesehen von den Schauspielerhänden, wie vom naturgetreuen Geräuschenachmachen, war sein Vortrag recht witzig, weil er es verstand, einen Teil unserer Studienräte, die schon zu seiner Zeit dieselben Spitznamen gehabt hatten wie zu unserer Zeit, auf die Schippe zu nehmen. Blieb aber immer nett, lausbubenhaft, bißchen Schwerenöter, ohne große Angabe, sprach, wenn er etwas unerhört Schwieriges geleistet hatte, nie vom Erfolg, immer von seinem Glück: »Bin eben ein Sonntagsjunge, schon in der Schule, wenn ich an gewisse Versetzungszeugnisse denke . . .« und mitten aus einem Pennälerscherz heraus gedachte er dreier ehemaliger Klassenkameraden, die, wie er sagte, nicht umsonst gefallen sein dürften, beendete aber seinen Vortrag nicht mit den Namen der drei Gefallenen, sondern leichthin mit dem Bekenntnis: »Jungs, das sage ich Euch: Wer draußen im Einsatz steht, denkt immer wieder gerne und oft an die Schulzeit zurück!«
Wir klatschten lange, gröhlten und trampelten. Erst als meine Hände brannten und hart waren, bemerkte ich, daß sich Mahlke zurückhielt und keinen Beifall in Richtung Katheder spendete.
Vorne schüttelte Oberstudienrat Klohse auffallend heftig und solange geklatscht wurde, beide Hände seines ehemaligen Schülers. Dann faßte er den Leutnant anerkennend bei den Schultern, ließ plötzlich von der schmächtigen Figur, die sogleich Platz fand, ab und stellte sich hinters Katheder.
Die Rede des Direktors dauerte. Langeweile breitete sich von den wuchernden Topfpflanzen bis zu dem Ölbild an der Rückwand der Aula, das den Stifter der Schule, einen Freiherrn von Conradi darstellte. Auch der Leutnant, schmal zwischen den Studienräten Brunies und Mallenbrandt, schaute immer wieder auf seine Fingernä-

gel. Klohses kühler Pfefferminzatem, der alle seine Mathematikstunden durchwehte und den Geruch reiner Wissenschaft vertrat, half in dem hohen Saal wenig. Von vorne kamen Worte knapp bis zur Mitte der Aula: »Jenedienachunskommen – Undindieserstunde – Wandererkommstdu – Dochdiesmalwirddieheimat – Undwollenwirnie – flinkzähhart – sauber – sagteschon – sauber – Undwernichtdersoll – Undindieserstunde – sauberbleiben – Mitschillerwortschließen – Setzetnichtlebenein niewirdeuchgewonnensein – Undnunandiearbeit!«
Wir waren entlassen und hingen, zwei Trauben, vor den zu engen Ausgängen der Aula. Ich drängte hinter Mahlke. Er schwitzte und sein Zuckerwasserhaar stand in verklebten Spießen um den zerstörten Mittelscheitel. Noch nie, selbst in der Turnhalle nicht, hatte ich Mahlke schwitzen sehen. Der Mief der dreihundert Gymnasiasten saß als Pfropfen in den Aulaausgängen. Mahlkes Angströhren, diese zwei, vom siebten Halswirbel gegen den ausladenden Hinterkopf stoßenden Muskelstränge, glühten und perlten. Erst auf dem Säulengang vor den Flügeltüren, im Lärm der Sextaner, die sofort wieder ihre Greifspiele begannen, überholte ich ihn und fragte frontal: »Was sagste nun?«
Mahlke guckte vor sich hin. Ich versuchte, an seinem Hals vorbeizuschauen. Es gab zwischen Säulen eine Lessingbüste aus Gips: aber Mahlkes Hals gewann. Ruhig und wehleidig, als wollte er von den langwierigen Gebrechen seiner Tante erzählen, kam die Stimme: »Jetzt müssen sie schon Vierzig runterholen, wenn sie das Ding haben wollen. Ganz zu Anfang und als sie in Frankreich und im Norden fertig waren, bekamen sie es schon, sobald sie Zwanzig – wenn das so weitergeht?«

Die Rede des Leutnants bekam Dir wohl nicht. Wie hättest Du sonst nach solch billigem Ersatz greifen können. Damals lagen in den Schaufenstern der Papiergeschäfte und Textilläden runde, ovale, auch durchbrochene Leuchtplaketten und Leuchtknöpfe. Manche hatten die Form eines Fisches, andere gaben, sobald sie im Dunkeln grünmilchig schimmerten, den Umriß einer fliegenden Möwe wieder. Diese Plaketten wurden zumeist von älteren Herren und gebrechlichen Frauen, die Zusammenstöße auf verdunkelten Straßen befürchteten, an den Mantelaufschlägen getragen; auch gab es Spazierstöcke mit Leuchtstreifen.
Du aber warst kein Opfer des Luftschutzes und hast Dir dennoch fünf oder sechs Plaketten, einen leuchtenden Fischschwarm, einen Pulk segelnder Möwen, Sträuße phosphoreszierender Blumen zuerst an

die Mantelaufschläge, dann an den Shawl gesteckt, hast Dir von Deiner Tante ein halbes Dutzend Knöpfe aus Leuchtmasse von oben nach unten an den Mantel nähen, hast Dich zum Clown machen lassen; denn so sah ich Dich, sehe Dich noch, werde Dich lange kommen sehen: während der Winter dauert, im Zwielicht, durch schrägen abendlichen Schneefall oder durch kaum gestufte Dunkelheit schreitest Du immerzu, abzählbar von oben nach unten und zurück, mit ein zwei drei vier fünf sechs schimmelgrün leuchtenden Mantelknöpfen den Bärenweg hinunter: ein dürftiges Gespenst, das allenfalls Kinder und Großmütter erschrecken kann und von einem Leid abzulenken versucht, das in schwarzer Nacht ohnehin verdeckt bleibt; aber Du dachtest wohl: keine Schwärze vermag diese ausgewachsene Frucht zu schlucken, jeder sieht ahnt fühlt sie, möchte sie greifen, denn sie ist handlich; wenn dieser Winter doch bald vorbei wäre – ich will wieder tauchen und unter Wasser sein.

VI

Als aber der Sommer mit Erdbeeren, Sondermeldungen und Badewetter kam, wollte Mahlke nicht schwimmen. Wir schwammen Mitte Juni zum erstenmal zum Kahn. Viel Lust hatte wir alle nicht. Es ärgerten uns die Schüler der Untertertia und Obertertia, die vor und mit uns zum Kahn schwammen, in Rudeln auf der Brücke hockten, tauchten und das letzte abschraubbare Scharnier hochholten. Mahlke, der einst hatte bitten müssen: »Laßt mich mitschwimmen, ich kann jetzt schwimmen«, wurde von Schilling, Winter und mir belästigt: »Komm doch mit. Ohne Dich ist nischt los. Sonnen können wir uns auch auffem Kahn. Vielleicht findest du wieder was Dolles unten.« Widerwillig, und nachdem er mehrere Male abgewinkt hatte, stieg Mahlke in die warme Brühe zwischen Strand und erster Sandbank. Er schwamm ohne Schraubenzieher, blieb zwischen uns, zwei Armlängen hinter Hotten Sonntag, zog endlich ruhig durch und lag zum erstenmal ohne Krampf und Gespritze im Wasser. Auf der Brücke setzte er sich in den Schatten hinter das Kompaßhäuschen und war nicht zum Tauchen zu bewegen. Auch drehte er seinen Hals nicht, wenn die Tertianer im Vorschiff verschwanden und mit Kinkerlitzchen in den Händen wieder hochkamen. Dabei hätte Mahlke die Jungs anlernen können. Manche wollten auch einen Tip von ihm – aber er antwortete kaum. Eigentlich guckte Mahlke fortwährend aus verkniffenen Augen über die offene See in Richtung Ansteuerungstonne, war aber weder durch einlaufende Frachter, auslaufende Kutter, noch im Verband fahrende Torpedoboote abzulenken. Allenfalls U-Boote machten ihn beweglich. Manchmal riß weit draußen das ausgefahrene Sehrohr eines getauchten Bootes den deutlichen Schaumstreifen. In Serien wurden die Siebenhundertfünfzigtonnenboote auf der Schichauwerft gebaut, machten in der Bucht oder hinter Hela Probefahrten, tauchten im tiefen Fahrwasser auf, liefen die Hafeneinfahrt an und vertrieben uns die Langeweile. Sah schön aus, wenn sie hochkamen: zuerst das Sehrohr. Kaum war der Turm draußen, spuckte er ein zwei Figuren. In stumpfweißen Bächen lief die See vom Geschütz, vom Vorschiff, dann achtern ab: Gekrabbel aus allen Luken, wir schrien und winkten – ich bin nicht sicher, ob vom Boot aus zurückgewinkt wurde, obgleich ich das Winken als Bewegung in Einzelheiten sehe und als Anspannung im Schultergelenk noch einmal erlebe; aber mit und ohne Zurückwinken: Das Auftauchen eines Unterseebootes trifft das Herz und hört nicht mehr auf – nur Mahlke winkte nie.

. . . und einmal – es war Ende Juni, noch vor den großen Sommerferien und bevor der Kapitänleutnant in der Aula unserer Schule den Vortrag hielt – verließ Mahlke seinen Schatten, weil ein Untertertianer aus dem Bugraum des Minensuchbootes nicht mehr hochkommen wollte. Er stieg in die Luke zum Vorschiff und holte den Jungen hoch. Mittschiffs, aber noch vor dem Maschinenraum, hatte er sich verklemmt. Mahlke fand ihn unter der Decke zwischen Rohren und Kabelbündeln. Zwei Stunden lang arbeiteten Schilling und Hotten Sonntag abwechselnd nach Mahlkes Angaben. Langsam bekam der Tertianer wieder Farbe, mußte aber beim Zurückschwimmen geschleppt werden.
Tags drauf tauchte Mahlke wieder regelmäßig besessen aber ohne Schraubenzieher. Schon beim Hinschwimmen verfiel er dem alten Tempo, zog uns davon und war schon einmal unten gewesen, als wir uns auf die Brücke zogen.
Der Winter mit Vereisung und heftigen Stürmen im Februar hatte dem Kasten den letzten Rest Reeling, beide Drehkränze und das Dach des Kompaßhäuschens genommen. Nur der verkrustete Möwenmist war gut über den Winter gekommen und vermehrte sich. Mahlke brachte nichts hoch, gab auch keine Antworten, wenn wir immer wieder neue Fragen erfanden. Erst am späten Nachmittag, nachdem er zehn- oder zwölfmal unten gewesen war, und wir uns schon die Glieder für den Rückweg lockerten, kam er nicht mehr hoch und machte uns alle fertig.
Wenn ich jetzt sage, fünf Minuten Pause, sagt das gar nichts; aber nach etwa fünf jahrelangen Minuten, die wir mit Schlucken füllten, bis unsere Zungen dick und trocken in trockenen Höhlen lagen, stiegen wir einer nach dem anderen in den Kahn: im Bugraum nichts, Strömlinge. Hinter Hotten Sonntag wagte ich mich zum erstenmal durch das Schott, stöberte oberflächlich in der ehemaligen Offiziersmesse, mußte hoch, schoß kurz vorm Platzen aus der Luke, ging wieder hinunter, schob mich noch zweimal durch das Schott und gab das Tauchen erst nach einer guten halben Stunde auf. Sieben oder sechs lagen platt und hechelnd auf der Brücke. Die Möwen schnürten ihren Kreis immer enger, mußten wohl was gemerkt haben. Zum Glück waren keine Tertianer auf dem Kahn. Alle schwiegen oder redeten durcheinander. Die Möwen warfen sich seitlich weg, kamen wieder. Wir legten uns Worte für den Bademeister, für Mahlkes Mutter, für seine Tante und für Klohse zurecht, denn mit einem Verhör in der Schule war zu rechnen. Mir halsten sie, weil ich so gut wie Mahlkes Nachbar war, den Besuch in der Osterzeile auf. Schilling

sollte vor dem Bademeister und in der Schule den Wortführer abgeben.
»Wenn sie ihn nicht finden, müssen wir mit nem Kranz rausschwimmen und hier ne Feier machen.«
»Wir legen zusammen. Jeder gibt mindestens fünfzig Pfennige.«
»Entweder werfen wir ihn von hier aus über Bord, oder wir versenken ihn im Vorschiff.«
»Singen müssen wir auch«, sagte Kupka; aber jenes scheppernde hohle Gelächter, das seinem Vorschlag folgte, kam aus keinem von uns: im Inneren der Brücke wurde gelacht. Und während wir noch aneinander vorbei guckten und auf eine Wiederholung des Gelächters warteten, lachte es vom Vorschiff her normal und nicht mehr ausgehöhlt. Mit triefendem Mittelscheitel schob sich Mahlke aus der Luke, atmete kaum angestrengt, rieb sich den frischen Sonnenbrand im Nacken, auch auf den Schultern, und sagte aus wenig höhnischem, eher gutmütigem Meckern heraus: »Na, habt Ihr ne Rede verfaßt und mich schon abgemeldet?»
Bevor wir zurückschwammen – Winter hatte kurz nach der beklemmenden Geschichte einen Heulkrampf bekommen und mußte beruhigt werden – stieg Mahlke noch einmal in den Kahn. Nach einer Viertelstunde – Winter schluchzte noch immer – war er wieder auf der Brücke und trug, von außen besehen, völlig unbeschädigte, kaum vergammelte Kopfhörer, wie Funker sie tragen, über beiden Ohren; denn Mahlke hatte mittschiffs den Zugang zu einem Raum gefunden, der im Inneren der Kommandobrücke über dem Wasserspiegel lag: die ehemalige Funkerkabine des Minensuchbootes. Fußbodentrocken sei der Raum, sagte er, wenn auch etwas klamm. Endlich gab er zu, den Zugang zur Kabine gefunden zu haben, als er den Tertianer zwischen Rohren und Kabelbündeln löste. »Hab alles wieder hübsch getarnt. Den findet keine Sau. War aber ne Menge Arbeit. Gehört mir nun, die Bude, damit Ihr Bescheid wißt. Ist ganz gemütlich, Könnte sich drin verkrümeln, wenn's mal brenzlich wird. Hat noch ne Menge Technik, Sender und so weiter. Müßte man wieder in Betrieb nehmen. Mal versuchen gelegentlich.«
Doch das hätte Mahlke nie geschafft. Er versuchte es auch gar nicht. Und wenn er heimlich unten gemurkst hat, hat es wohl nicht geklappt. Obgleich er ein geschickter Bastler war und eine Menge vom Modellbau verstand, wiesen seine Pläne nie in eine technische Richtung; zudem hätte uns die Hafenpolizei oder die Marine ausgehoben, wenn Mahlke den Sender wieder in Betrieb genommen und Sprüche in die Luft gefunkt hätte.

Vielmehr räumte er allen technischen Kram aus der Kabine, schenkte ihn Kupka, Esch und den Tertianern, behielt nur die Kopfhörer eine gute Woche lang an den Ohren und warf sie erst über Bord, als er planmäßig begann, die Funkerkabine neu einzurichten.
Bücher – ich weiß nicht mehr welche, glaube, es waren »Tsuschima«, der Roman einer Seeschlacht und ein zwei Bände Dwinger, auch Religiöses darunter – hatte er in zerschlissenen Wolldecken eingewickelt, das Bündel in Wachstuch verpackt, mit Pech oder Teer oder Wachs an den Nähten verschmiert, auf ein handliches Treibholzfloß geladen und schwimmend, teils mit unserer Hilfe, zum Kahn geschleppt. Angeblich gelang es ihm, Bücher und Decken so gut wie trocken in die Kabine zu bringen. Der nächste Transport bestand aus Wachskerzen, einem Spirituskocher, Brennstoff, dem Aluminiumtopf, Tee, Haferflocken und Trockengemüse. Oft blieb er über eine Stunde weg und antwortete nicht, wenn wir ihn durch wildes Klopfen zur Rückkehr zwingen wollten. Natürlich bewunderten wir ihn. Aber Mahlke nahm davon kaum Kenntnis, wurde immer einsilbiger und ließ sich auch nicht mehr beim Transport seiner Klamotten helfen. Als er die farbige Reproduktion nach der Sixtinischen Madonna, die mir aus seiner Bude in der Osterzeile bekannt war, vor unseren Augen eng rollte, in den Abschnitt einer Messinggardinenstange schob, die offenen Enden der Röhre mit Plastilin zuschmierte und die Madonna im Rohr zuerst zum Kahn, dann in die Kabine schleuste, wußte ich, für wen er sich so anstrengte, für wen er die Kabine wohnlich einrichtete.
Die Reproduktion muß das Tauchen nicht ohne Schaden überstanden haben – oder das Papier litt zusehends in dem klammen, womöglich tropfenden Raum, der ja nur unzureichend mit Frischluft versorgt sein konnte, weil er weder Bullaugen noch Zugang zu den ohnehin gefluteten Entlüftern hatte; jedenfalls trug Mahlke, wenige Tage nachdem er den Farbdruck in die Kabine geschleust hatte, wieder etwas am Hals: kein Schraubenzieher aber die Bronzeplakette mit dem flachen Relief der sogenannten Schwarzen Madonna zu Tschenstochau hing – denn sie hatte ja eine Öse zum Aufhängen – an schwarzem Schnürsenkel knapp unterm Schlüsselbein. Wir hoben schon vielsagend die Augenbrauen, dachten, jetzt beginnt er wieder mit dem Madonnenkram, da verschwand Mahlke, kaum daß wir auf der Brücke hockten und angetrocknet waren, im Vorschiff, war aber nach einer knappen Viertelstunde ohne Schnürsenkel und Anhänger wieder zwischen uns und machte hinter dem Kompaßhäuschen einen zufriedenen Eindruck.
Er pfiff. Zum erstenmal hörte ich Mahlke pfeifen. Natürlich pfiff er

nicht zum erstenmal. Aber zum erstenmal fiel mir auf, daß er pfiff, und somit spitzte er wirklich zum erstenmal die Lippen; aber nur ich, der einzige Katholik auf dem Kahn – außer ihm – kam dem Pfeifen nach: er pfiff ein Marienlied nach dem anderen, rutschte gegen die Reelingreste und begann mit aufdringlich guter Laune und freihängenden Füßen der klapprigen Brückenwandung zuerst einen Takt zu schlagen, dann, über gedämpftem Gepolter, aber ohne Stocken, die gesamte Pfingstsequenz »Veni, Sancte Spiritus« und danach – ich hatte darauf gewartet – die Sequenz des Freitag vor Palmsonntag herunterzubeten. Alle zehn Strophen vom »Stabat Mater dolorosa« bis »Paradisi gloria« und dem »Amen«, leierte er wie am Schnürchen; ich, der vormals eifrige, später nur noch sporadisch bei Hochwürden Gusewski aufkreuzende Ministrant, hätte allenfalls die Strophenanfänge zusammenbekommen.
Er aber schickte sein Latein mühelos zu den Möwen hoch, und die anderen: Schilling, Kupka, Esch, Hotten Sonntag, wer sonst noch dabei war, richteten sich auf, hörten zu, sagten ihr »Jungejunge«! ihr »Dableibtdirdiespuckeweg« und baten Mahlke, das »Stabat Mater« zu wiederholen, obgleich den Jungs nichts ferner lag, als Latein und Kirchentexte.

Du hast, glaube ich, dennoch nicht vorgehabt, die Funkerkabine in ein Marienkapellchen zu verwandeln. Die meisten Klamotten, die nach unten wanderten, hatten mit ihr nichts zu tun. Obgleich ich nie Deine Bude besichtigt habe – wir schafften es einfach nicht – stelle ich sie mir als verkleinerte Ausgabe Deines Mansardenzimmers in der Osterzeile vor. Nur die Geranien und Kakteen, die Deine Tante, oft gegen Deinen Willen, aufs Fensterbrett und auf vielstufige Kakteenpodeste gestellt hatte, fanden in der ehemaligen Funkerkabine keine Entsprechung, aber sonst war der Umzug perfekt.
Nach den Büchern und den Kochutensilien mußten Mahlkes Schiffsmodelle, der Aviso »Grille« und das Torpedoboot der Wolf-Klasse, Maßstab 1:1250, unter Deck umziehen. Tinte und mehrere Federhalter, ein Lineal, Schulzirkel, seine Schmetterlingsammlung und die ausgestopfte Schnee-Eule zwang er zum Mittauchen. Ich nehme an, daß Mahlkes Mobiliar in dem mit Kondenswasser beschlagenen Kasten nach und nach unansehnlich wurde. Besonders müssen die Schmetterlinge in verglasten Zigarrenkisten, die nur trockene Mansardenzimmerluft gewohnt waren, unter der Feuchtigkeit gelitten haben.
Aber gerade das Sinnlose und bewußt Zerstörerische des tagelangen

Umzugspiels bewunderten wir; und Joachim Mahlkes Fleiß, nach und nach Bestandteile eines ehemaligen polnischen Minensuchbootes, die er zwei Sommer zuvor mit Mühe abmontiert hatte, wieder dem Boot zurückzugeben – den guten alten Pilsudski, die Bedienungsschildchen verpflanzte er nach unten – ließ uns trotz der lästigen und kindischen Tertianer abermals einen unterhaltsamen, sogar spannenden Sommer auf jenem Kahn klein bekommen, für den der Krieg nur vier Wochen gedauert hatte.
Um ein Beispiel zu nennen: Mahlke bot uns Musik. Jenes Grammophon, das er im Sommer vierzig, nachdem wir mit ihm den Weg zum Kahn vielleicht sechs- oder siebenmal geschafft hatten, aus dem Vorschiff oder der Offiziersmesse in mühevoller Kleinarbeit hochgeholt, in seiner Bude repariert und mit neuem filzbezogenen Plattenteller versehen hatte, verstaute er mit einem Dutzend Schallplatten so ziemlich als letztes Umzugsgut unter Deck, und konnte sich während der zwei Tage dauernden Arbeit nicht verkneifen, die Kurbel des Kastens am altbewährten Schnürsenkel um den Hals zu tragen.
Grammophon und Platten müssen die Reise durchs Vorschiff, durch das Schott zu den Räumen mittschiffs und hoch in die Funkerkabine gut überstanden haben, denn noch am gleichen Nachmittag, an dem Mahlke den etappenweisen Transport beendet hatte, überraschte er uns mit hohler, nachscheppernder, von hier und dort, immer aber aus dem Innern des Kahns kommender Musik. Das mochte Nieten und Verschalung lockern. Das gab uns, obgleich die Sonne immer noch, wenn auch schräg auf der Brücke stand, eine schrumpfende Haut. Natürlich prusteten wir: »Aufhören! Sollweitermachen! Leg noch eine auf!« und durften ein kaugummilanges und berühmtes Ave Maria hören, das die kabbelige See glättete; ohne die Jungfrau tat er es nicht.
Und dann Arien, Ouvertüren – sagte ich schon, daß Mahlke viel für ernste Musik übrig hatte? – jedenfalls bekamen wir etwas Aufregendes aus »Toska«, etwas Märchenhaftes von Humperdinck und ein Stück Symphonie mit Dadada Daaah, das uns aus Wunschkonzerten geläufig war, von innen nach außen geboten.
Schilling und Kupka schrien nach etwas Schrägem; aber das hatte er nicht. Erst als unten die Zarah aufgelegt wurde, machte er den dollsten Effekt. Ihre Unterwasserstimme warf uns platt auf Rost und buckligen Möwenmist. Weiß nicht mehr, was sie sang. War ja alles mit dem gleichen Öl geschmiert. Sang aber auch etwas aus einer Oper, kannten wir aus dem Film »Heimat«. Sang: Achichhabesiever-

loren.« Röhrte: »Windhatmirliederzählt.« Orakelte: »Weißwirdmalwundergeschehn.« Sie konnte orgeln und Elemente beschwören, servierte alle nur erdenklichen weichen Stunden: und Winter schluckte, heulte ziemlich offen, aber auch die anderen mußten mit den Wimpern arbeiten.
Dazu die Möwen. Immer schon übergeschnappt wegen nichts und nochmal nichts, spielten sie nun, da unten die Zarah auf dem Plattenteller lag, vollkommen verrückt. Es lag ihr glasschneidendes Schrillen, das aus den Seelen verstorbener Tenöre drängen mochte, hoch über dem nachahmbaren und immer noch unnachahmlichen, burgkellertiefen Grollen einer, in jenen Kriegsjahren, an allen Fronten und in der Heimat beliebten, begnadeten und tränentreibenden Filmschauspielerin mit Stimme.

Mehrmals, bis die Platten hinüberwaren und nur noch gequältes Gurgeln und Kratzen dem Kasten entkam, bot uns Mahlke dieses Konzert. Bis zum heutigen Tage hat mir Musik keinen größeren Genuß verschaffen können, obgleich ich kaum ein Konzert im Robert-Schumann-Saal auslasse und mir, sobald ich bei Kasse bin, Langspielplatten von Monteverdi bis Bartók kaufe. Stumm und unersättlich hockten wir über dem Grammophon, nannten es: Bauchredner. Lobessprüche fielen uns keine mehr ein. Zwar bewunderten wir Mahlke; doch mitten im verquollenen Getöse schlug die Bewunderung um: wir fanden ihn widerlich und zum Weggucken. Dann tat er uns, während ein tiefliegender Frachter einlief, mäßig leid. Auch fürchteten wir Mahlke, er gängelte uns. Und ich schämte mich, auf der Straße mit Mahlke gesehen zu werden. Und ich war stolz, wenn Hotten Sonntags Schwester oder die kleine Pokriefke mich an Deiner Seite vor den Kunstlichtspielen oder auf dem Heeresanger traf. Du warst unser Thema. Wir wetteten: »Was wird er jetzt machen? Wetten wir, der hat schon wieder Halsschmerzen! Jede Wette gehe ich ein: Der hängt sich irgendwann mal auf oder kommt ganz groß raus oder erfindet was Dolles.«
Und Schilling sagte zu Hotten Sonntag: »Sag mal ehrlich, wenn Deine Schwester mit Mahlke ginge, ins Kino und so, was würdest Du dann – sag mal ehrlich.«

VII

Das Auftreten des Kapitänleutnant zur See und hochdekorierten U-Boot-Kommandanten in der Aula unseres Real-Gymnasiums beendete die Konzerte im Inneren des ehemaligen polnischen Minensuchboots »Rybitwa«. Doch, wäre er nicht gekommen, hätten die Schallplatten, hätte das Grammophon allenfalls vier weitere Tage geräuschvoll getan; aber er kam, stellte, ohne unserem Kahn einen Besuch abstatten zu müssen, die Unterwassermusik ab und gab allen Gesprächen über Mahlke eine neue, wenn auch nicht grundsätzlich neue Richtung.
Der Kapitänleutnant mag etwa vierunddreißig sein Abitur gemacht haben. Man sagte ihm nach, er habe, bevor er freiwillig zur Marine ging, ein bißchen Theologie und Germanistik studiert. Ich kann nicht anders und muß seinen Blick feurig nennen. Dichtes, womöglich drahtiges Kraushaar, Richtung Römerkopf. Kein U-Boot-Bart aber dachartig vorstehende Augenbrauen. Ein Mittelding zwischen Denkerstirn und Grüblerstirn, daher keine Querfalten aber zwei steile von der Nasenwurzel aufstrebende, immerzu Gott suchende Linien. Lichtreflexe auf dem äußersten Punkt kühner Wölbung. Zierlich und scharf die Nase. Der Mund, den er für uns aufmachte, war ein weichgeschwungener Sprechmund. Die Aula überfüllt, auch mit Morgensonne. Wir hockten in den Fensternischen. Auf wessen Wunsch hatte man die beiden obersten Klassen der Gudrunschule zum Vortrag aus weichem Sprechmund geladen? Die Mädchen saßen in den vordersten Bankreihen, hätten Büstenhalter tragen müssen, trugen aber keinen. Zuerst wollte Mahlke nicht mit, als der Pedell den Vortrag ankündigte. Ich witterte für mich Oberwasser und nahm ihn am Ärmel. Neben mir, in der Nische – und hinter uns und den Scheiben unbeweglich die Kastanien des Pausenhofes – zitterte Mahlke, bevor der Kaleu seinen Sprechmund aufgemacht hatte. Mahlkes Kniekehlen klemmten Mahlkes Hände: aber das Zittern blieb. Das Lehrerkollegium, auch zwei Studienrätinnen der Gudrunschule, füllten einen Halbkreis aus Eichenstühlen mit hohen Lehnen und Lederpolstern, den der Pedell akkurat gestellt hatte. Das Händeklatschen des Studienrates Moeller bewirkte nach und nach Ruhe für Oberstudienrat Klohse. Hinter den Doppelzöpfen und Mozartzöpfen der Oberschülerinnen saßen Quartaner mit Taschenmessern: mehrere Mädchen nahmen die Zöpfe nach vorne. Nur die Mozartzöpfe blieben den Quartanern. Diesmal gab es eine Einführung. Klohse sprach von allen, die draußen stehn, von allen zu Lande, zu Wasser und in der

Luft, sprach lange und mit wenig Gefälle von sich und den Studenten bei Langemarck, und auf der Insel Ösel fiel Walter Flex, Zitat: Reifwerdenreinbleiben: Mannestugend. Sogleich Fichte oder Arndt, Zitat: Vondirunddeinemtunallein. Erinnerung an einen vorbildlichen Schulaufsatz, den der Kapitänleutnant als Obersekundaner über Arndt oder Fichte geschrieben hatte? »Einer von uns, aus unserer Mitte, aus dem Geist unseres Gymnasiums hervorgegangen, und in diesem Sinne wollen wir . . .«
Muß ich sagen, wie umständlich während Klohses Vorrede Zettelchen zwischen uns in den Fensternischen und den Obersekundanerinnen hin und her wanderten? Natürlich kritzelten die Quartaner ihre Ferkeleien dazwischen. Ich schickte einen Zettel mit weißnichtwasdrauf entweder an Vera Plötz oder an Hildchen Matull, bekam aber weder noch Anwort. Mahlkes Kniekehlen klemmten noch immer Mahlkes Hände. Das Zittern verausgabte sich. Der Kapitänleutnant auf dem Podest saß leicht beengt zwischen dem alten Studienrat Brunies, der wie immer ungeniert Bonbons lutschte, und Dr. Stachnitz, unserem Lateinlehrer. Während die Vorrede abnahm, während unsere Zettelchen wanderten, während die Quartaner mit Taschenmessern, während der Blick des Führerbildes sich mit dem Blick des ölgemalten Freiherrn von Conradi traf, während die Morgensonne aus der Aula rutschte, befeuchtete der Kapitänleutnant unentwegt den leichtgeschwungenen Sprechmund, starrte mürrisch ins Publikum und sparte die Oberschülerinnen angestrengt aus. Die Kaleu-Mütze korrekt auf parallel gehaltenen Knien. Handschuhe unter der Mütze. Ausgehuniform. Das Ding am Hals deutlich auf unerhört weißem Hemd. Unvermittelte Kopfbewegung mit halbwegs gehorchendem Orden zu den seitlichen Aulafenstern: Mahlke zuckte, fühlte sich wohl erkannt, war aber nicht. Durch jenes Fenster, in dessen Nische wir hockten, blickte der U-Boot-Komandant in staubige unbewegte Kastanienbäume; was mag er denken, was mag Mahlke denken, was Klohse, während er spricht, Studienrat Brunies, während er lutscht, was Vera Plötz, während dein Zettelchen, was Hildchen Matull, was mag er denken, Mahlke oder er mit dem Sprechmund, dachte ich damals oder denke ich jetzt; denn es wäre aufschlußreich zu wissen, was ein U-Boot-Kommandant denkt, während er zuhören muß und den Blick ohne Fadenkreuz und tanzenden Horizont abschweifen läßt, bis der Gymnasiast Mahlke sich betroffen fühlt; aber er starrte über Gymnasiastenköpfe hinweg durch Doppelfensterscheiben in das trockene Grün unverbindlicher Pausenhofbäume und befeuchtete mit hellroter Zunge noch einmal rundum

den besagten Sprechmund, denn Klohse versuchte mit Worten auf Pfefferminzatem einen letzten Satz bis über die Mitte der Aula zu schicken: »Nun wollen wir in der Heimat aufmerksam lauschen, was Ihr, Söhne unseres Volkes, von der Front, von den Fronten zu berichten wißt.«
Der Sprechmund hatte getäuscht. Recht farblos gab der Kapitänleutnant zuerst eine Übersicht, wie sie jeder Flottenkalender bot: Aufgabe der U-Boote. Deutsche U-Boote während des ersten Weltkrieges: Weddigen, U 9, Unterseeboot entscheidet Dardanellenfeldzug, insgesamt dreizehn Millionen Bruttoregistertonnen, danach unsere ersten Zweihundertfünfzigtonnenboote, unter Wasser Elektromotoren, über Wasser Diesel, der Name Prien, dann kam Prien mit U 47, und Kapitänleutnant Prien bohrte die »Royal Oak« in den Grund – wußten wir alles, wußten wir alles – auch die »Repulse«, und der Schuhart hat die »Courageous« und so weiter und so weiter. Er aber verkündet den alten Stiefel: ». . . Mannschaft ist eine eingeschworene Gemeinschaft, denn fern der Heimat, Belastung der Nerven enorm, müßt Euch mal vorstellen, mitten im Atlantik oder im Eismeer unser Boot, eine Sardinenbüchse, eng feucht heiß, Leute müssen auf Reserveaalen schlafen, tagelang kommt nichts auf, leer die Kimm, dann endlich ein Geleitzug, stark gesichert, alles muß wie am Schnürchen, kein Wort zu viel; und als wir unseren Ersten Tanker, die »Arndale«, hatte siebzehntausendzweihundert Tonnen, erst siebenunddreißig fertiggestellt, mit zwei Aalen mittschiffs, da dachte ich, ob Sie es glauben oder nicht, an Sie, lieber Doktor Stachnitz, und begann laut, ohne die Sprechanlage abzuschalten: qui quae quod, cuius cuius cuius . . . bis mich unser LJ durch die Sprechanlage zurückrief: Sehr gut, Herr Kaleu, Sie haben schulfrei heute! Aber eine Feindfahrt besteht leider nicht nur aus Angriffen, und Rohr eins und Rohr zwei looos, tagelang die gleichmütige See, das Rollen und Stampfen des Bootes, darüber der Himmel, ein Himmel zum schwindlig werden, sag ich Euch, und Sonnenuntergänge gibt es . . .«
Es füllte jener Kapitänleutnant mit dem hochgestochenen Ding am Hals seinen Vortrag, obgleich er zweihundertfünfzigtausend Bruttoregistertonnen einen leichten Kreuzer der Despatch-Klasse, einen großen Zerstörer der Tribal-Klasse angebohrt hatte, weniger mit detaillierten Erfolgsmeldungen als mit wortreichen Naturbeschreibungen, auch bemühte er kühne Vergleiche, sagte: ». . . blendend weiß schäumt auf die Hecksee, folgt, eine kostbar wallende Spitzenschleppe, dem Boot, das gleich einer festlich geschmückten Braut, übersprüht von Gischtschleiern, der totbringenden Hochzeit entgegenzieht.«

Es gab nicht nur bei den Mädchen mit Zöpfen Gekicher; aber ein nächster Vergleich wischte die Braut wieder aus: »Solch ein Unterseeboot ist wie ein Walfisch mit Buckel, dessen Bugsee dem vielfach gezwirbelten Bart eines Husaren gleicht.«
Zudem verstand es der Kaleu, nüchtern technische Ausdrücke wie dunkle Märchenworte zu betonen. Wahrscheinlich hielt er den Vortrag mehr ins Ohr seines ehemaligen Deutschlehrers Papa Brunies, der als Eichendorffschwärmer galt, denn in unsere Richtung; seine wortgewaltigen Schulaufsätze hatte Klohse ja mehrmals erwähnt. Und so hörten wir ihn »Lenzpumpe« raunen, »Rudergänger«. Meinte wohl, wenn er »Mutterkompaß« und »Kreiselkompaßtöchter« sagte, uns Neuigkeiten zu bringen. Dabei hatten wir den technischen Marinekram seit Jahren intus. Er aber machte auf Märchentante, sprach das Wörtchen Hundewache, das Wörtchen Kugelschott oder den allgemeinverständlichen Ausdruck »Kabbelige Kreuzsee« so aus, wie etwa der gute alte Andersen oder die Brüder Grimm geheimnisvoll von »Asdic-Impulsen« geflüstert hätten.
Peinlich wurde es, wenn er Sonnenuntergänge auszupinseln begann: »Und bevor die atlantische Nacht wie ein aus Raben gezaubertes Tuch über uns kommt, stufen sich Farben, wie wir sie nie zu Hause, eine Orange geht auf, fleischig und widernatürlich, dann duftig schwerelos, an den Rändern kostbar, wie auf den Bildern Alter Meister, dazwischen zartgefiedertes Gewölk; welch ein fremdartiges Geleucht über der blutvoll rollenden See!«
Er ließ also mit steifem Ding am Hals eine Farbenorgel dröhnen und säuseln, kam vom wäßrigen Blau über kaltglasiertes Zitronengelb zum bräunlichen Purpur. Mohn ging bei ihm am Himmel auf. Dazwischen Wölkchen, zuerst silbrig, dann liefen sie an: »So mögen Vögel und Engel verbluten!« sagte er wörtlich mit seinem Sprechmund, und ließ aus dem gewagt beschriebenen Naturereignis plötzlich und aus bukolischen Wölkchen ein Flugboot, Typ »Sunderland« mit Kurs auf das Boot brummen, eröffnete, nachdem das Flugboot nichts hatte ausrichten können, mit gleichem Sprechmund aber ohne Vergleiche, den zweiten Teil des Vortrages, knapp trocken nebensächlich: »Sitze auf Sehrohrsattel. Angriff gefahren. Kühlschiff wahrscheinlich, sinkt übers Heck. Boot in den Keller auf hundertzehn. Zerstörer kommt auf in hundertsiebzig Bootspeilung, Backbord zehn, neuer Kurs, hundertzwanzig, hundertzwanzig Grad liegen an, Schraubengeräusch wandert aus, geht wieder an, hundertachtzig Grad gehen durch, Wabos: sechs sieben acht elf: Licht bleibt aus, endlich Notbeleuchtung und nacheinander Klarmeldung der Stationen. Zerstörer hat gestoppt.

Letzte Peilung hundertsechzig, Backbord zehn. Neuer Kurs fünfundvierzig Grad . . .«
Leider folgten dieser wirklich spannenden Einlage sogleich weitere Naturbeschreibungen, wie »Der atlantische Winter«, oder: »Meeresleuchten auf dem Mittelmeer«, auch ein Stimmungsbild: »Weihnachten auf dem U-Boot« mit dem obligaten, zum Christbaum verwandelten Besen. Zum Schluß dichtete er die ins Mystische gehobene Rückkehr nach erfolgreicher Feindfahrt mit Odysseus und allem Drum und Dran: »Die ersten Möwen künden den Hafen an.«
Ich weiß nicht, ob Oberstudienrat Klohse mit den uns geläufigen Schlußworten: »Und nun an die Arbeit!« den Vortrag beendete oder ob »Wirliebendiestürme« gesungen wurde. Eher erinnere ich mich an gedämpften aber respektvollen Beifall, an ein unregelmäßiges, bei den Mädchen und Zöpfen beginnendes Aufstehen. Als ich mich nach Mahlke umblickte, war er weg, und nur seinen Mittelscheitel sah ich vor dem rechten Ausgang mehrmals auftauchen, konnte aber, da eines meiner Beine während des Vortrages eingeschlafen war, nicht sofort aus der Fensternische und auf die gebohnerten Dielen.
Erst im Umkleideraum neben der Turnhalle stieß ich wieder auf Mahlke, fand aber kein erstes Wort fürs Gespräch. Schon beim Umkleiden wurden Gerüchte laut, bestätigten sich: uns wurde die Ehre zuteil, denn der Kapitänleutnant hatte seinen ehemaligen Turnlehrer Studienrat Mallenbrandt gebeten, wieder einmal, obgleich er kaum im Training sei, in der guten alten Turnhalle mitturnen zu dürfen. Während der Doppelstunde, die wie immer am Sonnabend den Unterricht abschloß, zeigte er zuerst uns, dann den Primanern, die sich vom Beginn der zweiten Stunde an die Turnhalle mit uns teilten, was er konnte.
Untersetzt, schwarz lang behaart, gut gebaut. Er hatte sich bei Mallenbrandt die traditionellen roten Turnhosen, das weiße Turnhemd mit rotem Bruststreifen und dem im Bruststreifen eingelassenen schwarzen C geliehen. Während des Umkleidens hing eine Traube an ihm. Viele Fragen: ». . . . darf ich mal von nahe besehen? Wie lange dauert? Und wenn man nun? Aber ein Freund meines Bruders, der bei den Schnellbooten ist, sagt . . .« Seine Antworten kamen geduldig. Manchmal lachte er ohne Grund aber ansteckend. Der Umkleideraum wieherte; und nur deshalb fiel mir Mahlke auf: er lachte nicht mit, war mit dem Zusammenfalten und Aufhängen seiner Kleidungsstücke beschäftigt.
Mallenbrandts Trillerpfeife rief uns in die Turnhalle und unters Reck. Der Kaleu leitete, von Mallenbrandt behutsam unterstützt, die Turn-

stunde, das heißt, wir mußten uns nicht besonders anstrengen, weil er keinen Wert darauf legte, uns etwas vorzumachen, unter anderem die Riesenwelle am Reck mit gegrätschtem Abgang. Außer Hotten Sonntag hielt nur noch Mahlke mit, aber niemand mochte hinguk-ken, so scheußlich und mit krummen Knien krampfte er Welle und Grätsche. Als der Kaleu mit uns ein lockeres und sorgfältig aufgebautes Bodenturnen begann, tanzte Mahlkes Adamsapfel immer noch toll und wie gestochen. Beim Hechtsprung über sieben Mann, der mit einer Rolle vorwärts aufgefangen werden sollte, landete er schief auf der Matte, vertrat sich wohl den Fuß, saß mit lebendigem Knorpel abseits auf einem Kletterbalken und muß sich verdrückt haben, als die Primaner zu Beginn der zweiten Stunde dazu kamen. Erst beim Korbballspiel gegen die Prima machte er wieder bei uns mit, warf auch drei oder vier Körbe; wir verloren trotzdem.
Unsere neugotische Turnhalle wirkte im gleichen Maße feierlich, wie die Marienkapelle auf Neuschottland den nüchtern gymnastischen Charakter einer ehemaligen und modern entworfenen Turnhalle beibehielt, soviel bunten Gips und gespendeten Kirchenpomp Hochwürden Gusewski in jenes, durch breite Fensterfronten brechende Turnerlicht stellen mochte. Wenn dort über allen Geheimnissen Klarheit herrschte, turnten wir in geheimnisvollem Dämmern: unsere Turnhalle hatte Spitzbogenfenster, deren Backsteinornamente die Verglasung mit Rosetten und Fischblasen aufteilten. Während in der Marienkapelle Opfer, Wandlung und Kommunion vollausgeleuchtete zauberlose und umständliche Betriebsvorgänge blieben – es hätten an Stelle der Hostien auch Türbeschläge, Werkzeuge oder wie einst, Turngeräte, etwa Schlaghölzer und Stafettenstäbe verteilt werden können – wirkte im mystischen Licht unserer Turnhalle das simple Auslosen jener beiden Korbballmannschaften, die mit zügigem Zehnminutenspiel die Turnstunde beendeten, feierlich und ergreifend, ähnlich einer Priesterweihe oder Firmung; und das Wegtreten der Ausgelosten in den schummrigen Hintergrund geschah mit der Demut heiliger Handlung. Besonders wenn draußen die Sonne schien und einige morgendliche Sonnenstrahlen durchs Laub der Pausenhofkastanien und durch die Spitzbogenfenster fanden, kam es, sobald an den Ringen oder am Trapez geturnt wurde und dank des schräg einfallenden Seitenlichtes, zu stimmungsvollen Effekten. Wenn ich mir Mühe gebe, sehe ich heute noch den untersetzten Kapitänleutnant in den meßdienerroten Turnhosen unseres Gymnasiums am schwingenden Trapez leicht und flüssig turnen, sehe seine Füße – er turnte barfuß – makellos gestreckt in einen der

schrägen und goldflimmernden Sonnenstrahlen tauchen, sehe seine Hände – denn auf einmal hing er im Kniehang am Trapez – nach solch einer goldstaubwimmelnden Lichtbahn greifen; so wunderbar altmodisch war unsere Turnhalle, und auch die Umkleideräume bekamen ihr Licht durch Spitzbogenfenster. Deshalb nannten wir den Umkleideraum: Die Sakristei.

Mallenbrandt pfiff, und Primaner wie Untersekundaner mußten nach dem Korbballspiel antreten, für den Kaleu »Imfrühtauzubergewirziehnfallera« singen und wurden in den Umkleideraum entlassen. Sofort hingen sie wieder an dem Kapitänleutnant. Nur die Primaner gaben sich weniger aufdringlich. Während sich der Kaleu nach sorgfältigem Waschen der Hände und Achselhöhlen über dem einzigen Waschbecken – Duschräume hatten wir keine – mit raschen Bewegungen seine Unterwäsche anzog, das geliehene Turnzeug, ohne daß wir etwas zu sehen bekamen, abstreifte, mußte er wieder Fragen der Schüler beantworten, tat das lachend, gutmütig, erträglich von oben herab; um dann zwischen zwei Fragen zu verstummen: unsicher tastende Hände, ein zuerst verstecktes, dann offensichtliches Suchen, auch unter der Bank – »Moment mal Jungs, bin gleich wieder auf Deck«, – und in marineblauer Hose, in weißem Hemd, ohne Schuhe aber in Strümpfen drängte sich der Kaleu durch Schüler und Bankreihen, durch den Zoogeruch: Kleines Raubtierhaus. Offen und hochgestellt stand sein Kragen, bereit für den Binder und das Band mit jenem, mir unaussprechlichen Orden. An Mallenbrandts Lehrerzimmertür hing der wöchentliche Turnhallenplan. Gleichzeitig klopfte er an und trat ein.

Wer tippte wie ich nicht auf Mahlke? Bin nicht sicher, daß ich sofort, hätte sofort, rief aber auf keinen Fall laut: »Wo steckt denn Mahlke?« Auch Schilling rief nicht, Hotten Sonntag, Winter Kupka Esch, keiner rief; vielmehr einigten wir uns alle auf den mickrigen Buschmann, ein Bengelchen, das selbst nach einem Dutzend Ohrfeigen ein ewiges, ihm angeborenes Grinsen nicht aufzugeben vermochte.

Als Mallenbrandt in flauschigem Bademantel mit dem halbangezogenen Kapitänleutnant zwischen uns stand und sein »Werwardas? Sollsichmelden!« brüllte, wurde ihm Buschmann zugeschoben. Auch ich rief Buschmann und war sogar in der Lage, bei mir und ungezwungen zu denken: Richtig, das kann nur Buschmann gewesen sein, wer sonst als Buschmann.

Nur ganz außen, im Hinterkopf begann es, während Buschmann von mehreren Seiten, auch vom Kaleu und dem Klassensprecher der

Prima verhört wurde, zu kribbeln. Und das Kribbeln setzte sich fest, als Buschmann seine erste Ohrfeige bekam, weil das Grinsen selbst unterm Verhör nicht aus seinem Gesicht weichen wollte. Während ich mit den Augen wie mit dem Gehör auf ein klippklares Geständnis Buschmanns wartete, wuchs mir vom Nacken aufwärts die Gewißheit: Nana, ob das nicht ein gewisser Soundso gewesen ist!
Schon verlor sich mein Lauern auf ein klärendes Wörtchen des grinsenden Buschmann, zumal die Menge der ihm verabfolgten Ohrfeigen Mallenbrandts Unsicherheit verriet. Auch sprach er nicht mehr von dem verschwundenen Gegenstand, sondern brüllte zwischen Schlag und Schlag: »Du sollst das Grinsen lassen, Grins nicht! Ich werde Dir das Grinsen noch austreiben!«
Nebenbei gesagt, Mallenbrandt schaffte es nicht. Ich weiß nicht, ob es Buschmann heute noch gibt; aber sollte es einen Zahnarzt, Tierarzt oder Assistenzarzt Buschmann geben – Heini Buschmann wollte Medizin studieren – so wird es ein grinsender Dr. Buschmann sein; denn das verliert sich nicht so schnell, ist dauerhaft, überlebt Kriege und Währungsreformen und war schon damals, als der Kapitänleutnant mit leerem Kragen auf den Erfolg eines Verhöres wartete, den Ohrfeigen des Studienrates Mallenbrandt überlegen.
Verstohlen – obgleich Buschmann alle Augen auf sich zog – drehte ich mich nach Mahlke um, mußte ihn nicht suchen, denn vom Nacken her wußte ich, wo er Marienlieder im Kopf hatte. Fertig angezogen, nicht weit entfernt aber abseits allem Gedränge, knöpfte er sich den obersten Knopf eines Hemdes, das dem Schnitt und dem Streifen nach von seines Vaters Oberhemdennachlaß abgehoben sein mochte. Er hatte beim Zuknöpfen Mühe, sein Kennzeichen hinter dem Knopf einzusperren.
Mahlke machte, abgesehen von dem Gefummel am Hals und den mitarbeitenden Kaumuskeln, einen ruhigen Eindruck. Als er begriffen hatte, daß der Knopf nicht über dem Adamsapfel zu schließen war, langte er sich aus der Brusttasche seines noch hängenden Jacketts eine zerdrückte Krawatte. Niemand in unserer Klasse trug einen Schlips. In der Obersekunda und in der Prima trugen einige Fatzkes lächerliche Fliegen. Zwei Stunden zuvor, während der Kaleu vom Katheder weg seinen naturbegeisterten Vortrag gehalten hatte, hatte Mahlke seinen Hemdkragen noch offen getragen; aber in seiner Brusttasche knüllte schon der Schlips und lauerte auf die große Gelegenheit.
Mahlkes Krawattenpremiere! Vor dem einzigen, obendrein fleckigen Spiegel des Umkleideraumes würgte er sich, ohne nahe heranzutre-

ten, eher auf Distanz und pro forma, den buntgetupften, wie ich heute meine, geschmacklosen Lappen um den hochgestellten Hemdkragen, schlug den Kragen um, zupfte noch einmal am viel zu großen Knoten und sprach dann nicht laut aber betont, daß sich sein Wort vom immer noch geführten Verhör, vom Geräusch jener Ohrfeigen, die Mallenbrandt, auch gegen den Einspruch des Kapitänleutnants, unermüdlich und trocken in Buschmanns Grinsen schlug, verständlich abhob: »Möchte zwar wetten, daß es Buschmann nicht gewesen ist. Aber hat denn schon jemand Buschmanns Klamotten durchsucht?«

Mahlke hatte sofort Zuhörer. Dabei hatte er zum Spiegel gesprochen; seine Krawatte, der neue Trick, fiel erst später aber nicht sonderlich auf. Eigenhändig durchsuchte Mallenbrandt Buschmanns Kleider und hatte sogleich Grund, abermals in das Grinsen hineinzuschlagen, weil er in beiden Jackentaschen mehrere angebrochene Packungen Präservative fand, mit denen Buschmann in den Klassen der Oberstufe Kleinhandel trieb; sein Vater war Drogist. Sonst fand Mallenbrandt nichts, und der Kapitänleutnant resignierte leichthin, knüpfte sich seinen Offiziersbinder, legte den Kragen um, tippte an die leere, zuvor hochdekorierte Stelle und schlug Mallenbrandt vor, die Geschichte nicht allzu ernst zu nehmen: »Das läßt sich ersetzen. Ist ja nicht die Welt, Herr Studienrat. Dummerjungenstreich!«

Aber Mallenbrandt ließ Turnhalle und Umkleideraum abschließen und durchsuchte, unterstützt von zwei Primanern, unsere Taschen, sowie jeden Winkel des Raumes, der als Versteck in Frage gekommen wäre. Anfangs und belustigt half der Kapitänleutnant, wurde dann ungeduldig und tat etwas, das sonst niemand im Umkleideraum zu tun wagte: er rauchte Zigaretten nacheinander, trat die Kippen auf dem Linoleumfußboden aus und geriet offensichtlich in schlechte Stimmung, als ihm Mallenbrandt wortlos einen Spucknapf zuschob, der seit Jahren unbenutzt neben dem Waschbecken verstaubte und als Versteck des gestohlenen Gegenstandes bereits untersucht worden war.

Der Kapitänleutnant errötete schülerhaft, riß sich die knappangerauchte Zigarette vom leichtgeschwungenen Sprechmund, rauchte nicht mehr, sondern verschränkte die Arme, ging sodann zum nervösen Ablesen der Zeit über, indem er mit trockener Boxerbewegung seine Arbmanduhr aus dem Ärmel fahren und seine Eile beweisen ließ.

Er verabschiedete sich mit Handschuhen über den Fingern nahe der Tür und gab zu verstehen, die Art und Weise der Untersuchung

könne ihm nicht gefallen, er werde die ärgerliche Geschichte dem Direktor der Schule übergeben, denn er habe nicht vor, sich seinen Urlaub von schlechterzogenen Stinten vermiesen zu lassen.
Mallenbrandt warf einem Primaner den Schlüssel zu, und der Primaner war ungeschickt genug, beim Aufschließen der Umkleideraumtür eine peinliche Pause entstehen zu lassen.

VIII

Die weiteren Untersuchungen verquasten den Sonnabendnachmittag, führten zu keinem Ergebnis und sind mir nur in wenigen, hier kaum erzählenswerten Einzelheiten haften geblieben, da ich Mahlke im Auge bewahren mußte, auch seine schon erwähnte Krawatte, deren Knoten er von Zeit zu Zeit höher zu rücken versuchte; aber es hätte, um Mahlke glücklich zu machen, eines Nagels bedurft. – Dir war nicht zu helfen.
Und der Kapitänleutnant? Wenn diese Frage berechtigt ist, wird sie nur mit dürren Worten zu beantworten sein: er fehlte während der nachmittäglichen Untersuchung, und nie bestätigte Vermutungen trafen womöglich zu: er soll in Begleitung seiner Verlobten die drei oder vier Ordensgeschäfte der Stadt abgeklappert haben. Irgendjemand aus unserer Klasse will ihn am folgenden Sonntag im »Café Vierjahreszeiten« gesehen haben: nicht nur die Verlobte und deren Eltern umgaben ihn, auch an seinem Hemdkragen fehlte nichts: und die Gäste des Cafés mögen scheu bemerkt haben, wer in ihrer Mitte saß und den zähen Kuchen des dritten Kriegsjahres mit der Gabel manierlich zu verringern bemüht war.
Mein Sonntag führte mich nicht ins Café. Ich hatte Hochwürden Gusewski versprochen, während der Frühmesse den Meßdiener abzugeben. Mahlke, mit buntem Schlips, kam kurz nach sieben und vermochte mit den üblichen fünf alten Weiblein die Leere der ehemaligen Turnhalle nicht zu vertuschen. Er kommunizierte wie immer links außen. Am Vorabend, gleich nach den Untersuchungen in der Schule mußte er die Marienkapelle aufgesucht und gebeichtet haben; oder Du hast in der Herz-Jesu-Kirche aus diesen oder jenen Gründen Hochwürden Wiehnke ins Ohr geflüstert.
Gusewski hielt mich auf, stellte Fragen nach meinem Bruder, der in Rußland stand, womöglich nicht mehr stand, denn seit Wochen fehlte jede Nachricht von ihm. Es kann sein, daß er mir, weil ich wieder einmal sämtliche Vespermäntel und die Albe gebügelt und gestärkt hatte, zwei Rollen Himbeerdrops schenkte, sicher ist: Mahlke war schon weg, als ich die Sakristei verließ. Er mochte eine Bahn Vorsprung haben. Ich stieg am Max-Halbe-Platz in den Anhänger der Neun. Schilling sprang Magdeburger Straße auf, als die Bahn schon ziemlich Fahrt machte. Wir sprachen von etwas ganz anderem. Vielleicht bot ich ihm von jenen Himbeerdrops an, die Hochwürden Gusewski herausgerückt hatte. Zwischen Gut-Saspe und Friedhof-Saspe überholten wir Hotten Sonntag. Er hockte auf

einem Damenfahrrad und hatte die kleine Pokriefke rittlings auf dem Gepäckträger. Immer noch zeigte das spirrige Ding glatte Froschschenkel, war aber nicht mehr überall platt. Der Fahrwind bewies die Länge ihrer Haare.

Da wir an der Weiche Saspe die Gegenbahn abwarten mußten, fuhr uns Hotten Sonntag mit Tulla wieder davon. An der Haltestelle Brösen warteten beide. Das Fahrrad lehnte an einem Papierkorb der Seebäderverwaltung. Sie spielten Brüderchen und Schwesterchen, hielten sich eingehakt: kleiner Finger und kleiner Finger. Tullas Kleid war blau blau waschblau und überall zu kurz zu eng zu blau. Die Rolle aus Bademänteln und so weiter trug Hotten Sonntag. Wir verstanden es, uns wortlos anzublicken, Bescheid zu wissen und aus geladenem Schweigen den Satz zu fördern: »Klar doch, nur Mahlke, wer sonst? Doller Bursche.«

Tulla wollte Genaues hören, drängelte und tippte mit spitzem Finger. Aber keiner von uns nannte das Ding beim Namen. Es blieb beim lapidaren »Wersonstalsmahlke«, beim »Klardoch«. Nur Schilling, nein, ich führte einen neuen Begriff ein, sagte in die Lücke zwischen Hotten Sonntags Kopf und Tullas Kleinkopf: »Der Große Mahlke, das hat, das kann nur, das tat der Große Mahlke.«

Und bei diesem Titel blieb es. Alle früheren Versuche, das Wort Mahlke mit Spitznamen zu verkleben, scheiterten nach kurzer Zeit. An »Suppenhuhn« erinnere ich mich; auch nannten wir ihn, wenn er abseits stand, »Schlucker« oder »Der Schlucker«. Aber erst mein spontaner Ruf: »Das tat der Große Mahlke!« erwies sich als lebensfähig. Und so soll auf diesem Papier dann und wann »Der Große Mahlke« gesagt werden, wenn Joachim Mahlke gemeint ist.

An der Kasse wurden wir Tulla los. Sie zog ins Damenbad ab und spannte mit Schulterblättern den Kleiderstoff. Vom verandaartigen Vorbau des Herrenbades bot sich, blaß und von locker ziehenden Schönwetterwolken beschattet, die See. Wasser: neunzehn. Zu dritt und ohne suchen zu müssen, sahen wir hinter der zweiten Sandbank jemanden in Rückenlage wild und mit viel Schaum in Richtung Aufbauten des Minensuchbootes schwimmen. Wir wurden einig: nur einer sollte ihm nachpullen. Schilling und ich schlugen Hotten Sonntag vor; der wollte lieber mit Tulla Pokriefke hinter der Sonnenwand des Familienbades liegen und Seesand auf Froschschenkel streuen. Schilling gab vor, zuviel gefrühstückt zu haben: »Eier und so weiter. Meine Oma aus Krampitz hat Hühner und bringt manchmal auf Sonntag ne knappe Mandel.«

Mir fiel nichts ein. Hatte schon vor der Messe gefrühstückt. Hielt

mich nur selten an das Gebot der Nüchternheit. Zudem hatten weder Schilling noch Hotten Sonntag »Der Große Mahlke« gesagt, ich sagte, schwamm ihm nach und beeilte mich nicht besonders.
Auf dem Laufsteg zwischen Damenbad und Familienbad gab es beinahe Krach, weil Tulla Pokriefke mitschwimmen wollte. Sie hockte, ein Gliederbündel, auf dem Geländer. Immer noch und seit Sommern klebte dieser mausgraue, überall grobgestopfte Kinderbadeanzug an ihr: das bißchen Brust gequetscht, die Schenkel abgeschnürt, und zwischen den Beinen eine vom verfilzten Stoff nachgeformte Mösenfalte. Sie schimpfte mit krauser Nase und gespreizten Zehen. Als Tulla gegen irgendein Geschenk – Hotten Sonntag flüsterte in ihr Ohr – aufs Mitschwimmen verzichten wollte, schoben sich vier fünf Tertianer, gute Schwimmer, die ich schon oft auf dem Kahn gesehen hatte, übers Geländer, hatten wohl etwas aufgeschnappt, denn sie wollten zum Kahn, auch wenn sie den Kahn als Ziel nicht angaben und sagten: »Wir wollen ganz woanders hin. Zur Mole oder mal sehen.« Hotten Sonntag sorgte für mich: »Wer ihm nachschwimmt, bekommt die Eier poliert.«
Mit flachem Kopfsprung ging ich vom Laufsteg ab, schwamm los, wechselte oft die Lage und beeilte mich nicht. Während ich schwamm und während ich schreibe, versuchte und versuche ich an Tulla Pokriefke zu denken, denn ich wollte und will nicht immer an Mahlke denken. Deswegen schwamm ich in Rückenlage, deswegen schreibe ich: Schwamm in Rückenlage. Nur so konnte und kann ich Tulla Pokriefke knochig, in mausgrauer Wolle auf dem Geländer hocken sehen: kleiner verrückter schmerzhafter wird sie; denn uns allen saß Tulla als Splitter im Fleisch – war aber, als ich die zweite Sandbank hinter mir hatte, weggewischt, kein Punkt Splitter Loch mehr, nicht mehr schwamm ich von Tulla fort, schwamm Mahlke entgegen, schreibe in Deine Richtung: Ich schwamm in Brustlage und beeilte mich nicht.
Und zwischen zwei Stößen notiert – das Wasser trägt ja: Es war der letzte Sonntag vor den Großen Ferien. Was war damals los. Die Krim hatten sie, und Rommel war in Nordafrika wieder mal im Kommen. Seit Ostern saßen wir in der Untersekunda. Esch und Hotten Sonntag hatten sich freiwillig gemeldet, beide zur Luftwaffe, kamen aber später, genau wie ich, der ich zögerte und zögerte, mal zur Marine mal nicht zur Marine wollte, zu den Panzergrenadieren, einer Sorte bessere Infanterie. Mahlke meldete sich nicht, machte wie immer eine Ausnahme, sagte: »Bei Euch piept's wohl!« Dabei boten sich ihm, der ein Jahr älter war, die besten Chancen vor uns rauszukommen;

aber wer schreibt, darf nicht vorgreifen.
Die letzten zweihundert Meter schwamm ich noch zögernder ohne Wechsel in Brustlage, um bei Atem zu bleiben. Der Große Mahlke saß wie immer im Schatten des Kompaßhäuschens. Nur seine Knie hatten Sonne. Er mußte schon einmal unten gewesen sein. Die gegurgelten Reste einer Ouvertüre schwankten im schralen Wind und kamen mir mit dem Kleinkram der Wellen entgegen. Das waren so seine Effekte: tauchte in seine Bude, kurbelte den Kasten, legte die Platte auf, kam mit triefendem Mittelscheitel wieder hoch, hockte sich in den Schatten und hörte, während die Möwen über dem Kahn den Glauben an Seelenwanderung mit Geschrei belegten, seiner Musik zu.
Nein, ich will mich, bevor es zu spät ist, noch einmal auf den Rücken werfen und große kartoffelsackförmige Wolken betrachten, die immer und in ordentlicher Gleichmäßigkeit aus dem Putziger Wiek über unseren Kahn in südöstliche Richtung wanderten und für wechselndes Licht, auch für wolkenlang Kühle sorgten. Nie mehr – oder nur noch auf jener Ausstellung, die Pater Alban mit meiner Hilfe vor etwa zwei Jahren in unserem Kolpinghaus zeigte: »Kinder unserer Pfarre malen den Sommer.« – sah ich so schöne, so weiße, so kartoffelsackförmige Wolken. Drum nochmal, bevor der verbogene Rost des Kahnes faßbar wird: Warum Ich? Warum nicht Hotten Sonntag oder Schilling? Hätte ja die Tertianer zum Kahn schicken können oder Tulla mit Hotten Sonntag. Auch alle zusammen mit Tulla dazwischen, zumal die Tertianer, besonders einer, der wohl mit Tulla verwandt war – denn alle nannten ihn Tullas Cousin – dem spirrigen Ding hinterdrein waren. Ich schwamm aber alleine, ließ Schilling aufpassen, daß keiner mir nachschwamm und beeilte mich nicht.
Ich, Pilenz – was tut mein Vorname zur Sache – früher mal Ministrant, wollte weiß nicht was alles werden, nun Sekretär im Kolpinghaus, kann von dem Zauber nicht lassen, lese Bloy, die Gnostiker, Böll, Friedrich Heer und oft betroffen in des guten alten Augustinus Bekenntnissen, diskutiere bei zu schwarzem Tee nächtelang das Blut Christi, die Trinität und das Sakrament der Gnade mit Pater Alban, einem aufgeschlossenen, halbwegs gläubigen Franziskaner, erzähle ihm von Mahlke und Mahlkes Jungfrau, von Mahlkes Gurgel und Mahlkes Tante, von Mahlkes Mittelscheitel, Zuckerwasser, Grammophon, Schnee-Eule, Schraubenzieher, Wollpuscheln, Leuchtknöpfen, von Katz und Maus und mea culpa, auch wie der Große Mahlke auf dem Kahn saß und ich, ohne mich zu beeilen, in Brustlage, Rückenlage zu ihm schwamm; denn nur ich war mit ihm so gut wie befreun-

det, wenn man mit Mahlke befreundet sein konnte. Gab mir jedenfalls Mühe. Keine Mühe! Lief von ganz alleine neben ihm und seinen wechselnden Attributen. Wenn Mahlke gesagt hätte: »Mach du das und das!« ich hätte das und noch mehr gemacht. Mahlke sagte aber nichts, ließ sich wort- und zeichenlos gefallen, wenn ich ihm nachlief, ihn, obgleich das ein Umweg war, in der Osterzeile abholte, damit ich an seiner Seite zur Schule gehen durfte. Und als er die Puscheln als Mode einführte, war ich der erste, der die Mode mitmachte und Puscheln am Hals trug. Trug auch eine Zeit lang, aber nur zu Hause, einen Schraubenzieher am Schnürsenkel. Und wenn ich mich weiterhin bei Hochwürden Gusewski als Ministrant beliebt machte, obgleich Glaube und alle Voraussetzungen seit der Untertertia futsch waren, dann nur, um Mahlke während der Kommunion auf die Gurgel starren zu können. Drum, als sich der Große Mahlke nach den Osterferien zweiundvierzig – im Korallenmeer gab es Schlachten mit Flugzeugträgern – zum erstenmal rasierte, kratzte ich zwei Tage später gleichfalls mein Kinn, wenn auch bei mir von Bartwuchs keine Rede sein konnte. Und hätte Mahlke nach der Rede des U-Boot-Kommandanten zu mir gesagt: »Pilenz, klau ihm das Ding mit dem Drussel!« ich hätte das Ding mit dem schwarzweißroten Band vom Haken gelangt und für Dich aufgehoben.
Aber Mahlke sorgte selber für sich, hockte auf der Brücke im Schatten, hörte den verquälten Resten seiner Unterwassermusik zu: Cavalleria rusticana – Möwen oben – die See mal glatt, mal Gekräusel, mal kurzatmige Wellen – zwei dicke Pötte auf der Reede – huschende Wolkenschatten – gegen Putzig Schnellboote im Verband: sechs Bugwellen, dazwischen Fischerkutter – schon gluckst der Kahn, ich schwimme langsam in Brustlage, sehe weg zu vorbei, zwischen Resten der Entlüfter hindurch – wieviel waren es eigentlich? – sehe, bevor meine Hände den Rost fassen, Dich, seit gut fünfzehn Jahren: Dich! schwimme, fasse den Rost, sehe Dich: der Große Mahlke hockt unbewegt im Schatten, die Schallplatte im Keller hängt und ist in immer dieselbe Stelle verliebt, leiert aus, Möwen streichen ab; und Du hast den Artikel mit dem Band am Hals.
Es sah komisch aus, weil er sonst nichts anhatte. Kauerte nackt, knochig, mit ewigem Sonnenbrand im Schatten. Nur die Knie grell. Sein langer halbwacher Schwanz und die Klöten platt auf dem Rost. Kniekehlen quetschten die Hände. Haare strähnig über den Ohren aber immer noch, wenn auch vom Tauchen, in der Mitte gescheitelt. Gesicht wollte sagen: Erlösermiene – und darunter als einziges Kleidungsstück, reglos der große, ganz große Bonbon, eine Handbreite unterm Schlüsselbein.

Es hatte ein Adamsapfel, der, wie ich immer noch vermute – und obgleich er Ersatzmotoren hatte – Mahlkes Motor und Bremse war, zum erstenmal ein genaues Gegengewicht gefunden. Still schlief er unter der Haut und mußte eine Zeit lang nicht rucken, denn was ihm guttat und sich ausgewogen kreuzte, hatte Vorgeschichte, wurde schon anno achtzehnhundertdreizehn, da man Gold für Eisen gab, vom guten alten Schinkel als Blickfang und mit klassizistischem Formgefühl entworfen: kleine Änderungen siebzigeinundsiebzig, kleine Änderungen vierzehn bis achtzehn und auch diesmal. Hatte aber nichts mit jenem, aus dem Malteserkreuz entwickelten Pour le merite zu tun, obgleich Schinkels Ausgeburt erstmals von der Brust an den Hals zog und die Symmetrie als Credo verkündete.

»Na Pilenz! Ganz schöner Apparat, was?«

»Doll, laß mal anfassen.«

»Ehrlich verdient – oder?«

Hab ich mir gleich gedacht, daß Du das Ding gedreht hast.«

»Nix gedreht! Ist mir gestern verliehen worden, weil ich aus dem Geleitzug auf der Murmanskroute fünf Pötte und obendrein einen Kreuzer der Southampton-Klasse . . .« Wir verfielen in Albernheit, wollten uns gute Laune beweisen, gröhlten alle Strophen des Englandliedes, erfanden neue Strophen, deren Wortlaut zufolge aber keine Tanker und Truppentransporter sondern bestimmte Mädchen und Lehrerinnen der Gudrun-Oberschule mittschiffs angebohrt wurden, ließen Sondermeldungen mit teils säuischen, teils bombastischen Versenkungsziffern durch hohle Hände schnarren, trommelten mit Fäusten und Hacken das Brückendeck: und der Kahn dröhnte, schepperte, trockner Mist sprang ab, Möwen kamen wieder, Schnellboote liefen ein, schöne weiße Wolken über uns unterwegs am Horizont, rauchfahnenleicht, Kommen und Gehen, Glück, Flimmern, kein Fischchen sprang, freundlich blieb das Wetter, zwar hüpfte das Ding, aber nicht weil die Gurgel, nein, weil er überall lebendig und zum erstenmal bißchen albern, keine Erlösermiene, schnappte vielmehr über, nahm sich den Artikel vom Hals, hielt mit gezierten Gesten die Bandenden über den Hüftknochen und ließ, während er mit Beinen Schultern und verdrehtem Kopf ziemlich komisch ein Mädchen, doch kein bestimmtes Mädchen imitierte, den großen Metallbonbon vor seinen Klöten und dem Schwanz baumeln: aber der Orden vermochte nur knapp ein Drittel seiner Geschlechtsteile zu verdecken.

Zwischendurch – und während mir Deine Zirkusnummer langsam auf die Nerven ging – fragte ich ihn, ob er vorhabe, das Ding zu behalten, sagte, am besten sei es wohl, er verstaue den Apparat in seinem Kabuff unter dem Brückendeck, zwischen Schnee-Eule, Grammophon und Pilsudski.

Der Große Mahlke hatte andere Pläne und führte sie aus. Denn hätte Mahlke das Ding unter Deck verstaut; oder besser noch, wäre ich nie mit Mahlke befreundet gewesen; oder noch besser, beides zusammen: das Ding weg, in der Funkerkabine, und ich nur locker, aus Neugierde, auch weil wir in einer Klasse saßen, an Mahlke gebunden – dann müßte ich jetzt nicht schreiben, müßte nicht zu Pater Alban sagen: »War es nun meine Schuld, wenn Mahlke später . . .« – Aber ich schreibe, denn das muß weg. Zwar ist es angenehm, Artistik auf weißem Papier zu betreiben – aber was helfen mir weiße Wolken, Lüftchen, exakt einlaufende Schnellboote und ein als griechischer Chor funktionierender Möwenpulk; was nützt alle Zauberei mit der Grammatik; und schriebe ich alles klein und ohne Interpunktion, ich müßte dennoch sagen: Mahlke verstaute das Ding nicht in der ehemaligen Funkerkabine des ehemaligen polnischen Minensuchbootes »Rybitwa«, hängte den Apparat nicht zwischen den Marschall Pilsudski und die schwarze Madonna, nicht übers totkranke Grammophon und die verwesende Schnee-Eule, machte nur kurzfristig, und während ich die Möwen zählte, mit dem Bonbon am Hals unten einen kleinen halbstündigen Besuch, prahlte – so sicher bin ich – vor seiner Jungfrau mit pikfeinem Orden, brachte ihn durch die Luke im Vorschiff wieder ans Licht, stieg mit seinem Gehänge in die Badehose, schwamm mit mir in ausgeglichenem Tempo zur Badeanstalt zurück und schmuggelte das Stück Eisen in geschlossener Hand an Schilling, an Hotten Sonntag, an Tulla Pokriefke, an den Tertianern vorbei in seine Badezelle im Herrenbad.
Nur halb und maulfaul unterrichtete ich Tulla und ihren Anhang, verschwand dann gleichfalls in meiner Zelle, zog mich hastig um und erwischte Mahlke an der Haltestelle der Linie Neun. Solange die Straßenbahnfahrt dauerte, versuchte ich ihn zu überreden, den Orden, wenn schon, dann dem Kapitänleutnant, dessen Adresse aufzutreiben gewesen wäre, persönlich zu übergeben.
Ich glaube, er hörte nicht zu. Auf dem hinteren Perron standen wir eingekeilt. Um uns das Gedränge eines späten Sonntagvormittags. Zwischen Haltestelle und Haltestelle öffnete er die Hand zwischen seinem und meinem Hemd; und beide schauten wir steil nach unten, auf das strenge dunkle Metall mit dem noch nassen, zerknautschten Band. Auf Höhe des Gutes Saspe hielt sich Mahlke den Orden, ohne

das Band zu binden, provisorisch vor den Knoten seines Schlipses und versuchte, die Verglasung des Perrons als Spiegel zu benutzen. Ich lenkte, solange die Bahn hielt und auf die Gegenbahn wartete, meinen Blick über eines seiner Ohren, über den verfallenen Sasper Friedhof, an krummen Strandkiefern vorbei in Richtung Flugplatz und hatte Glück: eine dicke dreimotorige JU 52 landete umständlich und half mir.

Aber das Sonntagsvolk in der Bahn wird ohnehin kein Auge für die Schaustellungen des Großen Mahlke frei gehabt haben. Mit Kleinkindern, gerollten Bademänteln, mit der Strandmüdigkeit mußte laut und über Bänke hinweg gekämpft werden. Einsetzendes abebbendes gesteigertes unterdrücktes und in Schlaf übergehendes Kindergreinen und Quengeln schwappte vom Vorder- zum Hinterperron und zurück – auch Gerüche, die jede Milch gesäuert hätten.

An der Endstation Brunshöferweg stiegen wir aus, und Mahlke sagte über die Schulter, er habe vor, die Mittagsruhe des Oberstudienrates Waldemar Klohse zu stören; er habe vor, alleine zu gehen – auch sei es sinnlos, auf ihn zu warten.

Klohse wohnte – das war bekannt – in der Baumbachallee. Durch den gekachelten Tunnel im Bahndamm begleitete ich ihn, ließ den Großen Mahlke dann abziehen: er ging nicht beeilt, eher in stumpfwinkligem Zickzack. Links hielt er die Enden des Bandes zwischen Daumen und Zeigefinger, wirbelte den Orden und benutzte ihn als Propeller und Antrieb zur Baumbachallee.

Verfluchter Plan und verfluchte Ausführung! Hättest Du das Ding hoch in die Linden geschleudert: es gab ja in jedem, von Laubbäumen beschatteten Villenviertel Elstern genug, die den Artikel an sich genommen, zum heimlichen Vorrat, zum silbernen Teelöffel, zum Ring und zur Brosche, zum großen Klimbim getragen hätten.

Mahlke fehlte am Montag. Die Klasse munkelte. Studienrat Brunies gab Deutsch. Er lutschte schon wieder Cebion-Tabletten, die er an Schüler hätte austeilen sollen. Aufgeschlagen lag Eichendorff. Süß verklebt kam sein Altmännernuscheln vom Katheder: einige Seiten aus dem Taugenichts, dann Mühlenrad Ringlein Spielmann – Es zogen zwei rüstige Gesellen – Hast ein Reh du lieb vor andern – Schläft ein Lied in allen Dingen – Laue Luft kommt blau geflossen – Von Mahlke kein Wort.

Erst am Dienstag kam Oberstudienrat Klohse mit grauem Aktendeckel, stellte sich neben Studienrat Erdmann – der rieb verlegen die Hände – und über unsere Köpfe hinweg tönte Klohse mit kühlem

Atem, Unerhörtes habe sich zugetragen, und das in schicksalhaften Zeiten, da alle zusammenhalten müßten. Der Betreffende – Klohse nannte keinen Namen – sei bereits von der Anstalt entfernt worden. Man habe aber davon abgesehen, andere Instanzen, etwa die Gebietsführung zu benachrichtigen. Allen Schülern werde nahegelegt, mannhaftes Schweigen walten zu lassen und im Sinne der Schule würdeloses Verhalten wettzumachen. Das sei der Wunsch eines ehemaligen Schülers, des Kapitänleutnant, U-Boot-Kommandanten und Träger des und so weiter . . .«
Zwar flog der Große Mahlke, wurde aber – während des Krieges ist kaum jemand endgültig aus dem Gymnasium geworfen worden – in die Horst-Wessel-Oberschule überwiesen. Auch dort hängte man seine Geschichte nicht an die große Glocke.

IX

Die Horst-Wessel-Oberschule hieß vor dem Krieg Kronprinz-Wilhelm-Realgymnasium und roch ähnlich verstaubt wie unsere Schule. Das Gebäude, ich meine, neunzehnhundertzwölf erbaut, nur äußerlich freundlicher als unser Backsteinkasten, lag im Süden des Vorortes, am Fuße des Jäschkentaler Waldes; folglich kreuzte sich Mahlkes Schulweg mit meinem Schulweg nirgends, als im Herbst wieder einmal die Schulzeit begann.
Aber auch während der Großen Ferien blieb er verschollen – ein Sommer ohne Mahlke – denn es hieß, er hätte sich in ein Wehrertüchtigungslager mit der Möglichkeit vormilitärischer Funkerausbildung gemeldet. Weder in Brösen noch in der Badeanstalt Glettkau zeigte er seinen Sonnenbrand. Weil es sinnlos blieb, ihn in der Marienkapelle zu suchen, konnte Hochwürden Gusewski, solange die Ferien dauerten, mit einem seiner zuverlässigsten Ministranten nicht mehr rechnen: der Ministrant Pilenz sagte sich: Keine Messe ohne Mahlke.
Wir Übriggebliebenen hockten dennoch ab und zu aber lustlos auf dem Kahn. Hotten Sonntag versuchte vergeblich, den Zugang zur Funkerkabine zu finden. Auch bei den Tertianern wisperten immer neue Gerüchte von einer dollen und verrückt eingerichteten Bude im Inneren der Brückenaufbauten. Ein Bengel, mit Augen nah beieinander, den die Stinte untergeben Störtebeker nannten, tauchte unermüdlich. Tulla Pokriefkes Cousin, ein eher schmächtiges Kerlchen, war ein oder zweimal auf dem Kahn, tauchte aber nie. Entweder in Gedanken oder wortwörtlich versuchte ich, mit ihm ein Gespräch über Tulla anzufangen; mir lag an ihr. Aber wie mich hatte sie den Cousin – womit wohl? – mit ihrer verfilzten Wolle, mit ihrem unauflöslichen Tischlerleimgeruch verseucht. »Das geht Sie einen Scheißdreck an!« sagte der Cousin zu mir – oder hätte er sagen können.
Tulla fehlte auf dem Kahn, blieb in der Badeanstalt, hatte aber mit Hotten Sonntag Schluß gemacht. Zwar war ich zweimal mit ihr im Kino, hatte aber dennoch kein Glück: ins Kino ging sie mit jedem. Es hieß, sie hätte sich in jenen Störtebeker vergafft, unglücklich vergafft, denn der Störtebeker zeigte sich vorerst in unseren Kahn vergafft und suchte den Zugang zu Mahlkes Bude. Gegen Ende der Großen Ferien wurde viel von seiner angeblich erfolgreichen Taucherei geflüstert. Beweise fehlten: weder brachte er eine verquollene Schallplatte noch eine vergammelte Schnee-Eulenfeder hoch. Dennoch hielten sich die Gerüchte; und als zweieinhalb Jahre

später jene ziemlich mysteriöse Jugendbande, als deren Anführer Störtebeker genannt wurde, aufflog, soll während des Prozesses abermals von unserem Kahn und dem Versteck im Inneren der Brückenaufbauten die Rede gewesen sein. Aber da war ich schon beim Barras, erfuhr nur satzweise davon, weil mir Hochwürden Gusewski bis zum Schluß und solange die Post mitmachte, seelsorgende bis freundschaftliche Briefe schrieb. Und in einem der letzten Briefe vom Januar fünfundvierzig – als die russischen Armeen schon gegen Elbing vorstießen – stand etwas von einem schändlichen Überfall geschrieben, den sich die sogenannte Stäuberbande auf die Herz-Jesu-Kirche, in der Hochwürden Wiehnke amtierte, geleistet hatte. Der Bursche Störtebeker wurde in dem Brief unter seinem Familiennamen erwähnt; auch glaube ich, etwas von einem dreijährigen Kind gelesen zu haben, das die Bande als Talismann, Maskottchen in Ehren gehalten hatte. Manchmal bin ich sicher, manchmal zweifle ich, ob in Gusewskis letztem oder vorletztem Brief – das Bündel ging mit Tagebuch im Brotbeutel bei Cottbus verloren – auch jener Kahn genannt wurde, der vor Beginn der Sommerferien zweiundvierzig seinen großen Tag feiern durfte, aber während der Ferien an Glanz verlor; denn noch heute schmeckt mir der besagte Sommer flau, weil Mahlke fehlte – Kein Sommer ohne Mahlke!
Nicht, daß wir verzweifelten, da es ihn nicht mehr gab. Besonders ich war froh, ihn los zu sein, ihm nicht hinterdrein zu müssen; aber warum wohl meldete ich mich gleich nach Schulanfang bei Hochwürden Gusewski und bot mich als Meßdiener an? Hochwürden war hinter randloser Brille tausendfältig erfreut und wurde hinter gleicher Brille faltenlos ernst, als ich, so nebenbei, beim Ausbürsten seiner Soutane – wir saßen in der Sakristei – nach Joachim Mahlke fragte. Ruhig, mit einer Hand an der Brille, tönte er: »Gewiß, nach wie vor ist er einer der Eifrigsten, versäumt keine Sonntagsmesse, war allerdings während vier Wochen in einem sogenannten Wehrertüchtigungslager; ich will doch nicht glauben müssen, daß Sie nur Mahlke wegen wieder vor dem Altar dienen wollen. Äußern Sie sich, Pilenz!«
Nun war knappe zwei Wochen zuvor bei uns die Nachricht eingetroffen, mein Bruder Klaus wäre als Unteroffizier am Kuban gefallen. Seinen Tod gab ich als Grund fürs wieder aufgenommene Ministrieren vor dem Altar an. Hochwürden Gusewski schien mir zu glauben oder gab sich Mühe, mir und meiner aufgewerteten Frömmigkeit Glauben zu schenken.
So wenig ich mich erinnere, aus welchen Einzelheiten sich Hotten Sonntags oder Winters Gesicht zusammensetzte, Gusewski hatte

dichtes drahtiges krausschwarzes, nur vereinzelt eisgraues Haar auf schuppiger, die Soutane zeichnender Kopfhaut. Peinlich genau rasiert saß ihm die Tonsur bläulich am Hinterkopf. Birkenhaarwasser und Palmolivseife bestimmten seinen Geruch. Manchmal rauchte er Orientzigaretten mit Hilfe einer kompliziert geschliffenen Bernsteinspitze. Er galt als fortschrittlich und spielte mit den Ministranten, auch mit den Erstkommunizierenden Tischtennis in der Sakristei. Alles Weißzeug, das Humerale und die Albe ließ er sich von einer Frau Tolkmit oder, wenn die Alte erkrankt war, von geschickten Ministranten, oft von mir, übermäßig stärken. Jeden Manipel, jede Stola, alle Meßgewänder, ob sie in Schränken lagen oder hingen, behängte und beschwerte er eigenhändig mit Lavendelsäckchen. Als ich etwa dreizehn Jahre alt war, fuhr er mir mit kleiner unbehaarter Hand vom Nacken abwärts unters Hemd bis zum Bund der Turnhose, ließ dann die Hand zurückkehren, weil die Hose keinen dehnbaren Gummizug hatte, und ich sie vorne mit eingenähten Stoffbändern schnürte. Ich machte mir nicht viel aus dem versuchten Griff, zumal Hochwürden Gusewski in seiner freundlichen, oft jungenhaften Art meine Sympathie besaß. Noch heute erinnere ich mich seiner mit spöttischem Wohlwollen; deshalb kein Wort mehr über gelegentliche und harmlose, im Grunde nur meine katholische Seele suchende Handgriffe. Insgesamt war er ein Priester wie hundert andere, unterhielt eine gutausgewählte Bibliothek für seine wenig lesende Arbeitergemeinde, war nicht übertrieben eifrig, gläubig mit Einschränkungen – zum Beispiel in Sachen Mariä Himmelfahrt – und sprach jedes Wort, ob er übers Korporale hinweg vom Blut Christi oder in der Sakristei vom Tischtennis sprach, mit gleicher, salbungsvoll heiterer Betonung. Albern an ihm fand ich, daß er schon Anfang vierzig einen Antrag auf Namensänderung stellte und sich ein knappes Jahr später Gusewing, Hochwürden Gusewing nannte und nennen ließ. Aber die Mode der Germanisierung polnisch klingender Namen, die auf ki oder ke oder a – wie Formella – endeten, machten damals viele mit: aus Lewandowski wurde Lengnisch; aus Herrn Olczewski, unserem Fleischer, entpuppte sich ein Fleischermeister Ohlwein; Jürgen Kupkas Eltern wollten ostpreußisch Kupkat heißen – aber der Antrag wurde, wer weiß warum, abgelehnt. Vielleicht nach dem Muster Saulus wird Paulus, wollte ein gewisser Gusewski zum Gusewing werden – aber auf diesem Papier heißt Hochwürden Gusewski weiterhin Gusewski; denn Du, Joachim Mahlke, hast Deinen Namen nicht ändern lassen.

Als ich zum erstenmal nach den Großen Sommerferien während der

Frühmesse vor dem Altar diente, sah ich ihn wieder und neu. Schon gleich nach den Stufengebeten – Gusewski stand auf der Epistelseite und war mit dem Introitus beschäftigt – entdeckte ich ihn in der zweiten Bank vor dem Marienaltar. Aber erst zwischen der Epistellesung und dem Graduale, danach ausgiebig während der Lesung aus dem Tagesevangelium, fand ich Zeit, seinen Anblick zu überprüfen. Wenn auch sein Haar nach wie vor in der Mitte gescheitelt und mit dem üblichen Zuckerwasser haltbar gemacht worden war, trug er es neuerdings um eine Streichholzspanne länger. Starr und kandiert fiel es, zwei steile Dächer, über beide Ohren: er hätte als Jesus auftreten können, faltete die Hände freischwebend, also ohne die Ellenbogen aufzustützen, etwa in Stirnhöhe, gab unter dem Händedach die Ansicht eines Halses frei, der nackt und ungeschützt alles offenbarte; denn seinen Hemdkragen ließ er als Schillerkragen über den Jackenkragen fallen: kein Schlips, keine Puscheln, kein Anhänger, Schraubenzieher oder sonst ein Stück aus reichhaltigem Arsenal. Einziges Wappentier auf freiem Feld war jene unruhige Maus, die er an Stelle eines Kehlkopfes unter der Haut beherbergte, die einst die Katze angelockt und mich verlockt hatte, ihm die Katze an den Hals zu setzen. Zudem gab es auf der Strecke vom Adamsapfel zum Kinn noch einige verkrustete Rasierspuren. Fast wäre ich beim Sanctus mit der Schelle zu spät gekommen.
An der Kommunionbank gab sich Mahlke weniger affektiert. Er ließ die gefalteten Hände bis unters Schlüsselbein sinken und roch aus dem Mund, als kochte in seinem Innern ständig ein Töpfchen Wirsingkohl auf kleiner Flamme. Kaum hatte er die Oblate bei sich, fiel eine weitere gewagte Neuerung auf: den Rückweg von der Kommunionbank zu seinem Platz in der zweiten Bankreihe, jenen stillen Weg, den Mahlke bisher wie jeder Kommunizierende ohne Umweg hinter sich gebracht hatte, dehnte er aus, unterbrach ihn, indem er zuerst mit langsam stelzendem Schritt die Mitte des Marienaltares suchte, dann auf beide Knie fiel und nicht den Linoleumfußboden, sondern einen rauhhaarigen Teppich als Unterlage wählte, der kurz vor den Altarstufen begann. Die gefalteten Hände streckte er über Augenhöhe, Scheitelhöhe, noch höher und schon begehrlich gegen jene überlebensgroße Gipsfigur, die ohne Kind, als Jungfrau der Jungfrauen, auf versilberter Mondsichel stand, einen preußischblauen sternenbesetzten Mantel von den Schultern zu den Knöcheln fallen ließ, langfingrige Hände vor flacher Brust faltete und mit eingesetzten, leicht vortretenden Glasaugen gegen die Decke der ehemaligen Turnhalle blickte. Als Mahlke sich Knie nach Knie wieder

erhob und die Griffel abermals vor dem Schillerkragen versammelte, hatte der Teppich seinen Kniescheiben ein grobes hochgerötetes Muster geprägt.
Auch Hochwürden Gusewski waren Einzelheiten Mahlkes neuer Moden aufgefallen. Nicht, daß ich Fragen stellte. Ganz aus sich, schon bedrückt, als wollte er eine Last loswerden oder teilen, begann er gleich nach der Messe von Mahlkes übergroßem Glaubenseifer, von gefährlichen Äußerlichkeiten und von jener, ihn seit geraumer Zeit erfüllenden Sorge zu sprechen. Mahlkes Marienkult grenze, so sagte er, an heidnischen Götzendienst, welch innere Not ihn auch immer vor den Altar führen möge.
Er wartete vor dem Sakristeiausgang auf mich. Der Schreck wollte mich wieder in die Tür drücken, aber schon nahm er meinen Arm, lachte auf neue Art ungezwungen, plauderte plauderte. Er, der Einsilbige, sprach übers Wetter – Altweibersommer, goldene Fäden in der Luft – und begann unvermittelt, doch ohne die Stimme zu senken, im gleichen Plauderton zu berichten: »Hab mich übrigens freiwillig gemeldet. Schüttel über mich selber den Kopf. Weißt ja, wie wenig ich davon halte: Militär, Kriegspielen und diese Überbetonung des Soldatischen. Rat mal, zu welcher Gattung. Keine Spur. Mit der Luftwaffe ist doch schon lange nichts mehr los. Daß ich nicht lache: Fallschirmjäger! Nun sag bloß, ich will zu den U-Booten. Na also, endlich! Das ist die einzige Gattung, die noch Chancen in sich hat; obgleich ich mir kindisch vorkommen werde in solch einem Ding, und ich viel lieber was Zweckmäßiges täte oder was Komisches. Weißt ja, wollte mal Clown werden. Was einem als Junge nicht alles einfällt. Dabei finde ich den Beruf heute noch ganz passabel. Sonst geht es mir so lala. Och, Penne ist Penne. Was man früher für Quatsch gemacht hat. Erinnerst Du Dich? Konnte mich einfach nicht an das Ding da gewöhnen. Dachte, das ist eine Art Krankheit, dabei ist das vollkommen normal. Kenne Leute oder hab welche gesehen, die noch größere haben, ohne sich groß aufzuregen. Fing damals mit der Katzengeschichte an. Weißt Du noch, wir lagen auf dem Heinrich-Ehlers-Platz. Lief wohl gerade ein Schlagballturnier. Ich schlief oder drusselte vor mich hin, und das graue Biest oder war es schwarz, sah meinen Hals und sprang, oder einer von Euch, Schilling, glaub ich, wär ihm zuzutrauen, nahm die Katze . . . Na, Schwamm drüber. Nein, auf dem Kahn war ich nicht mehr. Störtebeker? Habe davon gehört. Soll er, soll er. Habe den Kahn nicht gepachtet, oder? Laß Dich mal sehen bei uns.«
Erst am dritten Advent, und nachdem mich Mahlke den Herbst über

zum fleißigsten Meßdiener gemacht hatte, kam ich seiner Einladung nach. Ich mußte bis in die Adventszeit hinein alleine dienen, weil Hochwürden Gusewski keinen zweiten Ministranten auftreiben konnte. Eigentlich wollte ich Mahlke schon am ersten Advent besuchen und ihm die Kerze bringen, aber die Zuteilung kam zu spät, und Mahlke konnte die geweihte Kerze erst am zweiten Advent vor dem Marienaltar aufstellen. Als er mich fragte, »Kannst Du welche auftreiben? Gusewski will keine rausrücken«, sagte ich: »Mal sehen.« Und ich besorgte ihm eine jener in Kriegszeiten raren langen kartoffelkeimbleichen Kerzen; denn unsere Familie hatte, weil ja mein Bruder gefallen war, Anspruch auf den rationierten Artikel. Und ich ging zu Fuß zum Wirtschaftsamt, bekam nach Vorlage des Totenscheines den Bezugschein, suchte mit der Straßenbahn das Spezialgeschäft in Oliva auf, fand keine Kerzen vorrätig, machte noch zweimal den Weg und konnte Dich erst zum zweiten Advent beliefern und am zweiten Advent mit der Kerze, so wie ich es mir vorgestellt und gewünscht hatte, vor dem Marienaltar knien sehen. Während Gusewski und ich in der Adventszeit violettes Tuch trugen, wuchs Dein Hals aus weißem Schillerkragen, den der gewendete umgearbeitete Mantel des annodazumal verunglückten Lokomotivführers nicht verdecken konnte, zumal Du Dir – eine weitere Neuerung – keinen Shawl mit großer Sicherheitsnadel vorgebunden hattest.
Und Mahlke kniete am zweiten wie dritten Advent, da ich ihn am Nachmittag beim Wort nehmen und besuchen wollte, lange und steif auf grobem Teppich. Sein glasiger Blick, der nicht zucken wollte – oder er zuckte, sobald ich am Altar zu tun hatte – war über die gestiftete Kerze hinweg auf den Bauch der Gottesmutter gerichtet. Aus beiden Händen hatte er, ohne mit gekreuzten Daumen die Stirn zu berühren, ein steiles Dach dicht vor der Stirn und ihren Gedanken errichtet.
Und ich dachte: Heute geh ich. Ich geh und guck ihn mir an. Den guck ich mir mal genau an. Den werd ich mir mal. Da muß doch was dahinter. – Außerdem hat er mich eingeladen.
So kurz die Osterzeile war: die Einfamilienhäuschen mit leeren Spalieren an rauhgeputzten Fassaden, die gleichmäßige Bepflanzung der Bürgersteige – es hatten die Linden vor Jahresfrist ihre Pfähle verloren, bedurften aber immer noch der Stützen – entmutigten und ermüdeten mich, obgleich unsere Westerzeile vom gleichen Guß war, oder weil unsere Westerzeile gleich roch, atmete und mit Liliputvorgärten die Jahreszeiten durchspielte. Noch heute, wenn ich, was selten vorkommt, das Kolpinghaus verlasse, Bekannte oder Freunde in Stockum oder Lohhausen, zwischen Flugplatz und Nord-Friedhof,

besuche und durch Siedlungsstraßen muß, die sich ähnlich ermüdend und entmutigend von Hausnummer zu Hausnummer, von Linde zu Linde wiederholen, bin ich immer noch auf dem Weg zu Mahlkes Mutter und Mahlkes Tante, zu Dir, zum Großen Mahlke: und es klebt die Klingel an einem Gartentor, das sich mit hohem, nicht einmal anstrengend hohem Schritt übersteigen ließe. Schritte durch den winterlichen aber schneelosen Vorgarten mit seinen kopflastig eingepackten Rosenbüschen. Zierbeete ohne Pflanzen sind mit heilen und zertretenen Ostseemuscheln ornamental belegt. Der keramische Laubfrosch von der Größe eines hockenden Kaninchens auf einer Platte Bruchmarmor, deren Ränder umgegrabene Gartenerde einfaßt und an Stellen krümelig oder verkrustet überkriecht. Und im Zierbeet auf der anderen Seite jenes schmalen Weges, der mich, solange ich denke, die paar Schritte von der Gartentür zu den drei Klinkerstufen vor der ocker gebeizten Rundbogentür machen läßt, steht auf gleicher Höhe mit dem Laubfrosch eine beinahe senkrechte, mannshohe Stange und trägt ein Vogelhäuschen nach Almhüttenart: Sperlinge, die beim Futter bleiben, während ich zwischen Zierbeet und Zierbeet sieben oder acht Schritte mache; man sollte glauben, die Siedlung riecht frisch reinlich sandig und der Jahreszeit entsprechend – es roch aber in der Osterzeile, in der Westerzeile, im Bärenweg, nein, überall in Langfuhr, Westspreußen; besser noch, in ganz Deutschland roch es in jenen Kriegsjahren nach Zwiebeln, in Margarine gedünsteten Zwiebeln, ich will mich nicht festlegen: nach mitgekochten, nach frischgeschnittenen Zwiebeln roch es, obgleich Zwiebeln knapp waren und kaum aufzutreiben, obgleich man über knappe Zwiebeln im Zusammenhang mit dem Reichsmarschall Göring, der irgend etwas über knappe Zwiebeln im Rundfunk gesagt hatte, Witze riß, die in Langfuhr, Westpreußen, in ganz Deutschland im Umlauf waren; deshalb sollte ich meine Schreibmaschine oberflächlich mit Zwiebelsaft einreiben und ihr wie mir eine Ahnung jenes Zwiebelgeruches vermitteln, der in jenen Jahren ganz Deutschland, Westpreußen, Langfuhr, die Osterzeile wie die Westerzeile verpestete und vorherrschenden Leichengeruch verbot.
Mit einem Schritt nahm ich die drei Klinkerstufen, wollte mit zum Griff geformter Hand den Türdrücker fassen, als die Tür von innen geöffnet wurde. Mahlke mit Schillerkragen machte in Filzschuhen auf. Er mochte seinen Mittelscheitel kurz zuvor frisch gerichtet haben. Starr und in Kammsträhnen liefen nicht helle, nicht dunkle Haare vom Scheitel schräg abwärts nach hinten, hielten noch; aber als ich nach einer Stunde ging, fielen sie schon und zitterten, sobald

er sprach, über großen gutdurchgebluteten Ohren.
Wir saßen nach hinten hinaus, im Wohnzimmer, das sein Licht durch die vorgebaute Glasveranda bekam. Es gab Kuchen nach irgendeinem Kriegsrezept: Kartoffelkuchen, denn Rosenwasser schmeckte vor und sollte an Marzipan erinnern. Hinterdrein eingeweckte Pflaumen, die einen normalen Geschmack hatten und in Mahlkes Garten – man konnte den Baum blätterlos und mit weißgestrichenem Stamm im linken verglasten Feld der Veranda sehen – während des Herbstes reif geworden waren. Der Stuhl wurde mir angewiesen: ich hatte den Blick nach draußen, saß Mahlke gegenüber, der die Veranda im Rücken hatte, an einer Schmalseite des Tisches. Links von mir im Seitenlicht, so daß graues Haar silbrig kräuselte, Mahlkes Tante; rechts, mit rechter belichteter Seite, doch weniger flimmernd, weil straffer gekämmt, Mahlkes Mutter. Auch seine Ohrenränder und den Haarflaum auf den Rändern, sowie die Spitzen der brüchig zitternden Haarsträhnen zeichnete kaltes Winterlicht nach, obgleich das Zimmer überheizt war. Mehr als weiß leuchtete der obere Teil des breitfallenden Schillerkragens, lief nach unten hin grau an: Mahlkes Hals lag flach im Schatten.
Die beiden Frauen, grobknochig, auf dem Lande geboren, aufgewachsen und mit den Händen verlegen, sprachen viel, nie gleichzeitig, doch immer in Richtung Joachim Mahlke, auch wenn sie mich anredeten und nach dem Befinden meiner Mutter befragten. Beide sprachen mir über ihn, der den Dolmetscher abgab, Beileid aus: »Nu is auch Ihr Bruder Klaus abjeblieben. Ech kannt ihn zwar nur vom Sähn – abä trotzdem, son forscher Mänsch.«
Mahlke regierte milde und bestimmt. Allzu persönliche Fragen – meine Mutter unterhielt, während mein Vater aus Griechenland Feldpostbriefe schickte, intime Verhältnisse zumeist mit Militärdienstgraden – Fragen also, in diese Richtung, schirmte Mahlke ab: »Laß es gut sein, Tante. Wer will in diesen Zeiten, da alles mehr oder weniger aus den Fugen gerät, den Richter spielen. Zudem geht Dich das wirklich nichts an, Mama. Wenn Papa noch lebte, wäre es ihm peinlich und Du dürftest nicht so sprechen.«
Beide Frauen gehorchten ihm oder jenem verstorbenen Lokomotivführer, den er unaufdringlich beschwor und Stille gebieten ließ, sobald Tante wie Mutter schwatzhaft wurden. Auch Gespräche über die Frontlage – die beiden verwechselten Kriegsschauplätze in Rußland mit solchen in Nordafrika, sagten El Alamein, wenn sie das Asowsche Meer meinten – wußte Mahlke mit ruhigen, nie verärgerten Hinweisen in die richtigen geographischen Bahnen zu lenken:

»Nein, Tante, diese Seeschlacht fand bei Guadalcanar statt und nicht in Karelien.«
Dennoch hatte die Tante das Stichwort gegeben, und wir verloren uns in Mutmaßungen über alle bei Guadalcanar beteiligten, eventuell versenkten japanischen und amerikanischen Flugzeugträger. Mahlke war der Meinung, die erst neununddreißig auf Stapel gelegten Träger »Hornet« und »Wasp«, Einheiten, ähnlich dem Träger »Ranger«, wären inzwischen in Dienst gestellt und bei dem Treffen dabeigewesen, denn entweder die »Saratoga« oder die »Lexington«, womöglich alle beide, könne man inzwischen von den Flottenlisten streichen. Noch mehr Unklarheit herrschte über die beiden größten japanischen Träger, die »Akagi« und die entschieden zu langsame »Kaga«. Mahlke vertrat gewagte Ansichten, sagte, in Zukunft werde es nur noch Trägerschlachten geben, es rentiere kaum noch, Schlachtschiffe zu bauen, die Zukunft gehöre, wenn es überhaupt jemals wieder zu einem Krieg kommen werde, den leichten schnellen Einheiten und den Flugzeugträgern. Und er wartete mit Einzelheiten auf: Beide Frauen staunten, und Mahlkes Tante klatschte, sobald er die Namen der italienischen Exploratori heruntergerasselt hatte, laut und nachhallend mit knochigen Händen, bekam etwas begeistert Jungmädchenhaftes und nestelte, als es nach dem Klatschen im Zimmer still wurde, verlegen im Haar.
In Richtung Horst-Wessel-Oberschule fiel kein Wort. Fast möchte ich mich erinnern, Mahlke erwähnte lachend und während des Aufstehens, seine, wie er es nannte, weit zurückliegenden Halsgeschichten, brachte auch – und Mutter wie Tante lachten mit – das Katzenmärchen zum Vortrag: diesmal setzte ihm Jürgen Kupka das Biest an die Gurgel; wenn ich nur wüßte, wer die Mär erfunden hat, er oder ich oder wer schreibt hier?
Jedenfalls – und das ist sicher – packte mir seine Mutter zwei Stückchen Kartoffelkuchen in Packpapier, als ich mich von den Frauen verabschieden wollte. Auf dem Korridor, neben der Treppe zum Oberstock und seiner Mansarde, erklärte mir Mahlke ein neben dem Bürstensäckchen hängendes Foto. Die ziemlich modern wirkende Lokomotive mit Tender der ehemaligen polnischen Eisenbahn – deutlich war das Zeichen P K P zweimal auszumachen – füllte das Querformat. Vor der Maschine standen mit verschränkten Armen, winzig und doch beherrschend, zwei Männer. Der Große Mahlke sagte: »Mein Vater und der Heizer Labuda, kurz bevor sie vierunddreißig nahe Dirschau verunglückten. Das heißt, mein Vater konnte das Schlimmste verhüten und bekam nachträglich eine Medaille.«

X

Zu Beginn des neuen Jahres wollte ich Violinstunden nehmen – mein Bruder hatte eine Geige hinterlassen – aber wir wurden Luftwaffenhelfer, und heute ist es wohl zu spät, obgleich Pater Alban nicht müde wird, mir Violinstunden anzuraten; wie er es auch war, der mich ermunterte, von Katz und Maus zu berichten: »Setzen Sie sich einfach hin, lieber Pilenz, und schreiben sie drauflos. Sie verfügen doch, so kafkaesk sich Ihre ersten poetischen Versuche und Kurzgeschichten lasen, über eine eigenwillige Feder: greifen Sie zur Geige oder schreiben Sie sich frei – der Herrgott versah Sie nicht ohne Bedacht mit Talenten.«
Also: Es nahm uns die Strandbatterie, gleichzeitig Ausbildungsbatterie Brösen-Glettkau, hinter Dünen, wehendem Strandhafer und der kiesbestreuten Promenade in Baracken auf, die nach Teer, Socken und Seegrasmatratzen rochen. Man könnte eine Menge über den Alltag eines Luftwaffenhelfers, eines uniformierten Gymnasiasten erzählen, der am Vormittag von altersgrauen Lehrern nach üblicher Methode unterrichtet wurde und am Nachmittag die Bedienungssprüche eines Kanoniers, sowie die Geheimnisse der Ballistik auswendig lernen mußte; aber es soll ja nicht meine Geschichte, nicht Hotten Sonntags naiv kraftstrotzende, Schillings durch und durch banale Geschichte abgespult werden – vielmehr darf hier nur von Dir die Rede sein; und Joachim Mahlke wurde nie Luftwaffenhelfer.
Schüler der Horst-Wessel-Oberschule, die gleichfalls in der Strandbatterie Brösen-Glettkau ausgebildet wurden, lieferten uns nebenbei und ohne mit uns ein ausgedehntes, bei Katz und Maus beginnendes Gespräch zu führen, neuen Stoff: »Den haben sie kurz nach Weihnachten zum Reichsarbeitsdienst einberufen. Haben ihm das Notabitur nachgeworfen. Na, Prüfungen waren für den nie ein Problem. War ziemlich älter als wir. Seine Abteilung soll in der Tuchler Heide liegen. Ob die Torf stechen müssen? Soll ja ne Menge los sein da oben. Partisanengebiet und so weiter.«
Im Februar besuchte ich Esch im Luftwaffenlazarett Oliva. Mit einem Schlüsselbeinbruch lag er fest und wollte Zigaretten haben. Gab ihm welche, und er bot mir klebrigen Likör an. Blieb nicht lange. Auf dem Weg zur Straßenbahnhaltestelle nach Glettkau, machte ich einen Umweg durch den Schloßgarten. Wollte sehen, ob es noch die gute alte Flüstergrotte gab. Es gab sie noch, und genesende Gebirgsjäger probierten sie mit Krankenschwestern aus. Sie flüsterten von beiden Seiten gegen den porösen Stein, kicherten flüsterten kicherten. Ich

hatte niemanden zum Flüstern und schnürte mit irgend etwas im Kopf durch eine tunnelartige, weil oben mit kahlem Geäst zusammengewachsene, vogellose, womöglich dornige Allee, die vom Schloßteich und der Flüstergrotte schnurgerade in Richtung Zoppoter Chaussee lief und sich beängstigend verjüngte. Da kam mir, nach zwei Krankenschwestern, die einen humpelnden lachenden humpelnden Leutnant führten, nach zwei Großmüttern und einem vielleicht dreijährigen Jungen, der nicht zu den Großmüttern gehören wollte, sondern eine Kindertrommel, die aber still blieb, bei sich führte, abermals etwas aus februargrauem Dornentunnel entgegen und vergrößerte sich: ich stieß auf Mahlke.
Die Begegnung machte uns beide verlegen. Zudem vermittelte das Aufeinanderzulaufen in einer sogar himmelwärts verfilzten Parkallee ohne Nebenwege ein feierliches bis beklemmendes Gefühl: das Schicksal oder die Rokokophantasie eines französischen Gartenarchitekten führte uns zusammen – noch heute meide ich Schloßgärten, die im Geiste des guten alten Le Nôtre ausweglos gezirkelt wurden: Gewiß, wir sprachen sogleich, aber ich mußte genagelt auf seine Kopfbedeckung starren; denn der Arbeitsdiensthut war, auch wenn andere und nicht Mahlke ihn trugen, ein Unikum an Häßlichkeit: hoch und unproportioniert beulte er sich über dem Schirm, war durchtränkt von der Farbe angetrockneter Exkremente, hatte zwar oben den Mittelschlag nach Art eines Herrenhutes, nur lagen die Wülste näher beieinander, kniffen sich und ergaben jene plastische Furche, die der Reichsarbeitsdienstkopfbedeckung den Übernamen »Arsch mit Griff« eingetragen hatte. Mahlkes Haupt bedeckte dieser Hut besonders peinlich. Wurde doch so sein Mittelscheitel, selbst wenn er ihn beim Arbeitsdienst hatte aufgeben müssen, drastisch gesteigert; und wir standen uns zwischen wie unter Dornen dünnhäutig gegenüber – auch kam das Bengelchen ohne Großmütter mit nun lauter Kinderblechtrommel zurück, schlug um uns einen magisch schmeckenden Halbkreis und verging endlich mit seinem Lärm in der Verjüngung der Allee.
Wir verabschiedeten uns hastig, nachdem Mahlke mir Fragen über etwaige Partisanenkämpfe im Gebiet der Tuchler Heide, Fragen nach der Verpflegung beim Arbeitsdienst, die Frage, ob Arbeitsmaiden in ihrer Nähe stationiert seien, kaum und mürrisch beantwortet hatte. Auch wollte ich wissen, was er in Oliva zu tun, und ob er schon Hochwürden Gusewski besucht habe. Ich erfuhr, daß die Verpflegung beim Arbeitsdienst annehmbar, von Arbeitsdienstmaiden aber keine Spur sei. Gerüchte über Partisanenkämpfe hielt er für über-

trieben aber nicht ganz und gar aus der Luft gegriffen. Nach Oliva hatte ihn sein Oberfeldmeister wegen irgendwelcher Ersatzteile geschickt: Dienstreise, zwei Tage. »Gusewski hab ich heute, gleich nach der Frühmesse kurz gesprochen.« Dann eine schlechtgelaunte Handbewegung: »Der bleibt sich auch immer gleich, komme was wolle!« und der Abstand zwischen uns wurde größer, weil wir Schritte machten.
Nein, ich habe mich nicht nach ihm umgesehen. Unglaubhaft? Aber ein Sätzchen wie: »Mahlke schaute sich nicht nach mir um«, wird keinem Zweifel begegnen. Mehrmals mußte ich hinter mich blicken, weil mir niemand, auch das Bengelchen nicht, mit seinem lauten Spielzeug, entgegenkam und half.

Dann sah ich Dich, wenn ich nachrechne, über ein Jahr lang nicht; aber Dich nicht sehen hieß und heißt nicht, Dich und Deine angestrengte Symmetrie vergessen können. Zudem blieben Spuren: sah ich eine Katze, ob grau, schwarz oder gesprenkelt, lief mir sogleich die Maus durchs Blickfeld; doch weiterhin übte ich mich im Zögern und blieb unschlüssig, ob das Mäuschen geschützt, ob die Katze zum Fangen gestachelt werden sollte.
Bis zum Sommer hausten wir in der Strandbatterie, spielten endlose Handballturniere, wälzten uns an sonntäglichen Besuchstagen mehr oder weniger geschickt mit immer denselben Mädchen und Schwestern der Mädchen in den Stranddisteln der Dünen: nur ich ging leer aus, und habe das Zögern und Ironisieren dieser meiner Schwäche bis heute nicht verloren. Was gab's noch? Pfefferminzdropszuteilungen, Belehrungen über Geschlechtskrankheiten, vormittags Hermann und Dorothea, nachmittags das Gewehr 98 K, Post, Vierfruchtmarmelade, Wettsingen – auch schwammen wir während der dienstfreien Stunden zu unserem Kahn, trafen dort regelmäßig auf Rudel nachgewachsener Tertianer, ärgerten uns und konnten beim Zurückschwimmen nicht verstehen, was uns drei Sommer lang an jenes, vom Möwenmist überkrustete Wrack gefesselt hatte. Später wurden wir in die Achtkommaachtbatterie Pelonken, dann in die Batterie Zigankenberg verlegt. Drei- oder viermal gab es Alarm, und unsere Batterie war am Abschuß eines viermotorigen Bombers beteiligt. Wochenlang wurde von Schreibstuben aus über den Zufallstreffer gestritten – zwischendurch Drops, Hermann und Dorothea, Grüßen im Vorbeigehen.
Noch vor mir kamen Hotten Sonntag und Esch, weil sie kriegsfreiwillig waren, zum Arbeitsdienst. Ich hatte, wie immer zögernd und

zwischen den Waffengattungen schwankend, den Meldetermin verpaßt und machte Februar vierundvierzig mit der guten Hälfte unserer Klasse im Inneren der Unterrichtsbaracke ein beinahe regelrechtes Friedensabitur, bekam prompt die Einberufung zum Arbeitsdienst, wurde von den Luftwaffenhelfern entlassen und versuchte, weil ich noch gute vierzehn Tage Zeit hatte, und um irgendeinen Abschluß, außer dem Abitur zu finden, bei wem wohl, wenn nicht bei Tulla Pokriefke, die etwa sechzehn oder mehr war und ziemlich jeden ran ließ, zu landen, hatte aber kein Glück und wurde auch mit Hotten Sonntags Schwester nicht fertig. In diesem Zustand – lindernd wirkten die Briefe einer meiner Cousinen, die man mit Familie wegen totalem Bombenschaden nach Schlesien evakuiert hatte – machte ich Hochwürden Gusewski einen Abschiedsbesuch, versprach ihm, während der zu erwartenden Fronturlaube als Ministrant einzuspringen, erhielt außer einem neuen Schott ein handliches Metallkruzifix – Sonderanfertigung für katholische Einberufene – und begegnete auf dem Rückweg, Ecke Bärenweg Osterzeile, Mahlkes Tante, die auf der Straße eine dickglasige Brille trug und nicht zu umgehen war.
Sie begann, noch ehe wir uns begrüßt hatten, ländlich breit und dennoch schnell zu sprechen. Näherten sich uns Passanten, faßte sie meine Schulter, und zog eines meiner Ohren vor ihren Mund. Heiße Sätze mit feuchtem Niederschlag. Belangloses zuerst. Einkaufgeschichten: »Nech mal das kann man kriegen, was ainem zusteht auf Karten.« So erfuhr ich, daß schon wieder keine Zwiebeln vorrätig, daß aber bei Matzerath brauner Zucker und Gerstengrütze zu bekommen seien, auch daß der Fleischer Ohlwein Schmalzfleischkonserven erwarte – »Ahles vom Schwain.« Endlich, ohne ein Stichwort von meiner Seite, das eigentliche Thema: »Dem Jung jeht nu besser, wenner och nech grad von Besserjehn schraibt. Aber hat ja nie jeklagt, jenau wie sain Vater, was main Schwager is. Ond ainjesetzt ham se ihm, jadoch, bai de Panzer. Da wird ä nu wohl jeschitzter sain als bai de Infantrie, och bai Rejenwättä.«
Dann kroch ihr Flüstern in mein Ohr, und ich erfuhr von Mahlkes neuen Merkwürdigkeiten, von Kritzeleien, als hätte ein Schulkind unter der Unterschrift jedes Feldpostbriefes gezeichnet.
»Dabei hattä als Kind nie jezaichnet, nur wennä inne Schule mit Tusche häd malen jemißt. Abä hier is ja sain Brief von neilich in Tasche ond schon so väknillt. Wissense, Härr Pilenz, so viel wolln läsen, wie dem Jung jeht.«
Und es zeigte mir Mahlkes Tante Mahlkes Feldpostbrief. »Nu läsen Se man.« – Aber ich las nicht. Papier zwischen Fingern ohne Hand-

schuhe. Kam ein trockner Wind vom Max-Halbe-Platz tütenspitz gekreiselt und war nicht aufzuhalten. Schlug mein Herz mit dem Stiefelabsatz und wollte die Tür eintreten. Sprachen sieben Brüder in mir, und keiner schrieb mit. Wehte zwar Schnee aber das Briefpapier blieb deutlicher, obgleich es graubraun keine Qualität besaß. Kann heute sagen, begriff sofort, starrte aber nur, ohne hinsehen, begreifen zu wollen; denn ich hatte, schon bevor das Papier nahe meinen Augen knisterte, begriffen, daß Mahlke wieder am Zug war: kriggelige Strichzeichnungen unter sauberer Sütterlinschrift. In bemüht schnurgerader Reihe, dennoch verrutscht, weil ohne Untergrund, acht zwölf dreizehn vierzehn ungleich flachgedrückte Kreise, und auf jeder Niere ein warzenähnlicher Ableger, und aus jeder Warze zeigten daumennagellange, die verbeulten Wannen überragende Balken zum linken Blattrand, und alle diese Panzer – denn so unbeholfen die Zeichnungen waren, erkannte ich dennoch den russischen T 34 – hatten an einer Stelle, zumeist zwischen Turm und Wanne, eine kleine warzentilgende Markierung, jenes den Treffer bescheinigende Kreuz; zudem – und weil der Registrator mit begriffstutzigen Betrachtern seiner Zeichnung gerechnet hatte – durchkreuzten nachdrückliche und die Ausmaße der gestrichelten Panzer überholende Blaustiftkreuze alle vierzehn – soviel waren es wohl – bleistiftskizzierten T 34.
Nicht ohne Selbstgefälligkeit klärte ich Mahlkes Tante auf, es handle sich offensichtlich um Panzer, die Joachim abgeschossen habe. Aber Mahlkes Tante zeigte sich gar nicht erstaunt, das hätten ihr schon viele gesagt, doch könne sie nicht verstehen, warum es mal mehr mal weniger seien, einmal nur acht und auf dem vorletzten Brief siebenundzwanzig Stück.
»Womeglich isses, weil die Post so unräjelmäßich ainem ins Haus kommt. – Doch nu missen Se läsen, Härr Pilenz, was onser Joachim schraibt. Och von Sie schraibt er, wächen Kerzen – aber wä haben schon wälche jekriegt.« Nur aus den Augenwinkeln überflog ich den Brief: Mahlke zeigte Fürsorge, erkundigte sich nach den kleinen und großen Gebrechen seiner Mutter und seiner Tante – der Brief war an beide Frauen gerichtet – fragte nach Krampfadern und Rückenschmerzen, wollte über den Zustand des Gartens unterrichtet werden: »Hat der Pflaumenbaum wieder gut getragen? Was machen meine Kakteen?« Knappe Sätze über seinen Dienst, den er anstrengend und verantwortungsvoll nannte: »Natürlich haben wir auch Verluste. Aber die Jungfrau wird mich auch weiterhin beschützen.« Im Anschluß die Bitte, Mutter und Tante möchten so gut sein, Hoch-

würden Gusewski eine oder – wenn's geht – zwei Kerzen für den Marienaltar zu stiften: »Vielleicht kann Pilenz welche besorgen; die bekommen ja Bezugscheine.« Zusätzlich bat er, beim Heiligen Judas Thadäus – einem Neffen zweiten Grades der Jungfrau Maria; Mahlke kannte die heilige Familie – Gebete einzulegen und eine Messe für den verunglückten Vater – »Er verließ uns ja, ohne versorgt gewesen zu sein.« lesen zu lassen. Am Ende des Papiers wieder Kleinkram, bißchen blasse Landschaftbeschreibung: »Könnt Euch nicht vorstellen, wie heruntergekommen hier alles ist, wie armselig die Leute und die vielen Kinder. Kein Elektrisch und Fließendwasser. Manchmal will man nach dem Sinn fragen – aber es muß wohl so sein. Und wenn Ihr mal Lust habt und schönes Wetter ist, dann fahrt doch mit der Bahn nach Brösen raus – aber zieht Euch warm an – und guckt mal nach, ob links von der Hafeneinfahrt, aber nicht so weit draußen, die Aufbauten eines versenkten Schiffes zu sehen sind. Früher lag da mal ein Wrack. Man kann es mit bloßem Auge erkennen, und Tante hat ja ihre Brille – würde mich interessieren, ob es noch . . .«
Ich sagte zu Mahlkes Tante: »Da müssen Sie erst gar nicht rausfahren. Der Kahn liegt immer noch an derselben Stelle. Und schönen Gruß an Joachim, wenn Sie ihm wieder schreiben. Er kann beruhigt sein. Hier ändert sich nichts, und den Kahn wird so leicht niemand klauen.«

Und selbst hätte die Schichauwerft ihn geklaut, das heißt, gehoben, verschrottet oder neu aufgemöbelt, wäre Dir dann geholfen gewesen? Hättest Du aufgehört, auf Feldpostbriefen kindisch genau russische Panzer zu kritzeln und mit dem Blaustift durchzustreichen? Und wer hätte die Jungfrau verschrottet? Wer hätte das gute alte Gymnasium behexen und zu Vogelfutter wandeln können? Und die Katze und die Maus? Gibt es Geschichten, die aufhören können?

XI

Mit Mahlkes gekritzelten Zeugnissen vor Augen, mußte ich es weitere drei vier Tage zu Hause aushalten: meine Mutter pflegte ihr Verhältnis zu einem Bauführer der Organisation Todt – oder bot sie noch dem magenkranken Oberleutnant Stiewe jene salzlose Diätküche, die ihn so anhänglich machte? – dieser oder jener Herr bewegte sich ungeniert in unserer Wohnung und trug, ohne das Symbol zu begreifen, meines Vaters eingetragene Hausschuhe. Sie aber trug, inmitten illustriertenseliger Gemütlichkeit, geschäftige Trauer von einem Zimmer ins nächste, also kleidsames Trauerschwarz nicht nur auf der Straße, sondern auch zwischen Küche und Wohnzimmer. Auf dem Buffet hatte sie etwas Altarähnliches für meinen gefallenen Bruder aufgebaut, hatte erstens ein bis zur Unkenntlichkeit vergrößertes Paßfoto, das ihn als Unteroffizier ohne Schirmmütze zeigte, zweitens die beiden Todesanzeigen aus dem »Vorposten« und den »Neuesten Nachrichten« unter Glas schwarz rahmen lassen, hatte drittens ein Bündel Feldpostbriefe mit schwarzem Seidenband geschnürt, viertens mit dem Eisernen Kreuz zweiter Klasse und dem Krim-Schild beschwert und links neben den gestellten Rahmen gerückt, während fünftens und rechts meines Bruders Geige samt Fiedelbogen und unterlegtem, beschriebenem Notenpapier – er hatte sich mehrmals an Violinsonaten versucht – das Gegengewicht zu den Briefen bilden mußten.
Wenn ich heute meinen älteren Bruder Klaus, den ich kaum gekannt habe, gelegentlich vermisse, war ich damals eher eifersüchtig auf den Altar, stellte mir mein vergrößertes Foto so schwarzgerahmt vor, fühlte mich benachteiligt und kaute oft an den Fingernägeln, wenn ich in unserer Guten Stube alleine war und sich der Altar für meinen Bruder nicht übersehen ließ.
Bestimmt hätte ich eines Vormittags, während der Oberleutnant auf der Couch seinen Magen bewachte und meine Mutter in der Küche einen salzlosen Haferschleim kochte, mit selbständig werdender Faust das Foto, die Todesanzeigen, womöglich die Geige zusammengeschlagen – doch da kam der Tag der Einberufung zum Arbeitsdienst und stahl mir einen Auftritt, der sich bis heute und noch auf Jahre hinaus würde aufführen lassen: so gut hatten der Tod am Kuban, meine Mutter am Buffet und ich, der große Zögerer, ihn inszeniert. Mit meinem imitierten Lederkoffer zog ich los, fuhr über Berent nach Konitz und hatte während drei Monaten Gelegenheit, zwischen Osche und Reetz die Tuchler Heide kennenzulernen. Immer

Wind und Sand unterwegs. Ein Frühling für Insektenfreunde. Wacholder kullerte. Überhaupt, Büsche und Zielansprache: die vierte Kuschel von links, dahinter zwei Pappkameraden, die gilt es zu treffen. Aber schöne Wolken über Birken und Schmetterlingen, die nicht wußten, wohin. Blankdunkle und kreisrunde Teiche im Moor, aus denen man mit Handgranaten Karauschen und bemooste Karpfen fischen konnte. Natur, wo man hinschiß. Kino gab es in Tuchel.
Dennoch und trotz Birken, Wolken und Karauschen darf ich diese Arbeitsdienstabteilung mit ihrem Barackenkarree im schützenden Wäldchen, mit Fahnenmast, Splittergräben und seitlich der Unterrichtsbaracke liegender Latrine nur deshalb und wie im Sandkasten skizzieren, weil ein Jahr vor mir, vor Winter, Jürgen Kupka und Bansemer, im gleichen Karree der Große Mahlke Drillichzeug und Knobelbecher getragen und wortwörtlich seinen Namen hinterlassen hatte: in der Latrine, einem oben offenen, von Krüppelkiefern überrauschten, zwischen Ginster gepflanzten Bretterverschlag, fand sich das zweisilbige Wort, ohne Vorname und dem blanken Balken gegenüber, in ein Kieferbrett geschnitzt oder besser gekerbt – und darunter in prima Latein, doch ohne Rundungen, eher in Runenschrift, der Anfang seiner Lieblingssequenz: Stabat Mater dolorosa . . . Der Franziskanermönch Jacopone da Todi hätte frohlocken dürfen; ich aber wurde Mahlke auch beim Arbeitsdienst nicht los. Denn wenn ich mich leichter machte, und sich hinter wie unter mir der madendurchwachsene Auswurf meines Jahrgangs häufte, gabst Du vor meinen Augen keine Ruhe: laut und in atemloser Wiederholung wies ein mühsam gekerbter Text auf Mahlke und die Jungfrau hin, was mir dagegenzupfeifen auch einfallen mochte.
Dabei bin ich sicher, Mahlke wollte nicht spotten. Mahlke konnte nicht spotten. Er versuchte es manchmal. Aber alles was er tat anfaßte aussprach, wurde ernst bedeutsam und monumental; so auch die Keilschrift im Kieferholz einer Reichsarbeitsdienstlatrine zwischen Osche und Reetz, genannt: Tuchel-Nord. Sentenzen nach der Verdauung, Wirtinnenverse, vergröberte oder umschriebene Anatomie – Mahlkes Text besiegte alle anderen, mehr oder weniger witzig formulierten Sauereien, die von oben bis unten, geschnitzt oder gekritzelt, den abschirmenden Holzzaun der Latrine bedeckten und die Bretterwand sprechen ließen.
Fast – und weil Mahlke so richtig und an heimlichster Stelle zitiert hatte, wäre ich damals nach und nach fromm geworden, müßte jetzt nicht mit mürrischem Gewissen einer mäßig bezahlten Fürsorgearbeit im Kolpinghaus nachgehen, müßte in Nazareth keinen frühen

Kommunismus und in ukrainischen Kolchosen kein spätes Christentum entdecken wollen, wäre von nächtelangen Gesprächen mit Pater Alban, den Untersuchungen, inwieweit Lästerung das Gebet ersetzen könne, endlich entbunden, dürfte glauben, irgend etwas glauben, ganzgleichwas oder an die Auferstehung des Fleisches glauben; aber ich hackte Mahlkes Lieblingssequenz mit einem Beil, und nachdem ich in der Abteilungsküche hatte Kleinholz machen müssen, aus dem Brett und tilgte auch Deinen Namen.

Die alte Mär vom unverkäuflichen Flecken, bißchen gruslig moralisch und transzendent; er sprach nämlich die blinde und frisch fasrige Stelle deutlicher als zuvor die gekerbte Schrift gesprochen hatte. Auch muß sich Dein Zeugnis mit den Spänen vervielfältigt haben, denn in der Abteilung, zwischen Küche, Wachstube und Bekleidungskammer, kursierten, besonders sonntags, wenn die Langeweile Fliegen zu zählen begann, faustdicke Geschichten. Immer dieselben Litaneien mit abweichenden Geringfügigkeiten über einen Arbeitsdienstmann namens Mahlke, der ein gutes Jahr zuvor in der Abteilung Tuchel-Nord Dienst getan und dolle Dinge gedreht haben mußte. Zwei Lkw-Fahrer, der Küchenchef und der Kammerbulle stammten noch aus jener Zeit, waren von allen Versetzungen verschont geblieben, sagten etwa und ohne sich wesentlich zu widersprechen: »So sah der aus, als er ankam. Haare bis hier. Na, mußte erst mal den Friseur ranlassen. Half aber nichts: Ohren zum Schaumschlagen und eine Gurgel, sag ich Euch, eine Gurgel! Hatte auch – und einmal, als hier – und wenn er zum Beispiel – aber das Dollste an ihm war, als ich den ganzen frischeingetrudelten Verein zum Entlausen nach Tuchel schleuste, weil ich als Kammerbulle. Als nun alle unter der Brause, denk ich, ich guck nich recht, guck also nochmal, sag mir, werd bloß nicht neidisch: dem sein Schwanz, ein Riemen, kann ich Euch flüstern, wenn der auf Touren, stand der gut und gerne seine oder noch mehr, jedenfalls hat er mit dem Apparat die Frau vom Oberfeldmeister, ne rüstige Vierzigerin, von vorn und hinten, weil ihn der Idiot von Oberfeldmeister – wurde später nach Frankreich versetzt, war ein Spinner – zum Kaninchenstallbauen in sein Haus, das zweite von links in der Arbeitsdienstführersiedlung. Der Mahlke, so hieß der, hat sich zuerst geweigert, nicht etwa auf die dreibastige Tour, sondern ganz ruhig und sachlich und mit Zitat aus der Dienstverordnung. Wurde trotzdem vom Chef persönlich, bis ihm der Arsch auf Grundeis, mußte dann zwei Tage in die Latrine: Honigschleudern. Hab ihn mit nem Gartenschlauch und immer hübsch auf Abstand, weil die andern ihn nicht in den Waschraum, und gab endlich nach, zog los mit Kistenbrettern und Werkzeug zum; aber von wegen Kaninchen! Muß die Alte ganz schön gerammelt haben. Hat ihn über ne Woche auch für Gartenarbeit angefordert, und der Mahlke zitterte Morgen für Morgen los und war zum Appell wieder da. Erst als der Kaninchenstall nicht fertig und fertig, muß dem Chef ein Licht. Weiß nicht, ob er sie überrascht hat, als die Alte grad wieder aufs Kreuz oder übern Küchentisch oder womöglich wie Vater und Mutter zu Hause inne Federn, wird ihm jedenfalls die Sprache verschlagen haben, als er dem Mahlke sein Dubbas, hat hier jedenfalls in der Abteilung nie die Schnauze: Kunststück – und den Mahlke schickte er alle naslang auf Dienstreise nach Oliva und Oxhöft, Ersatzteile holen, damit der Bulle mit seinen Klöten aus der Abteilung. Denn die Alte vom Chef wird ganz schön gejibbert haben, von wegen und so weiter. Noch heute kommen Parolen aus der Schreibstube: Die schreiben sich Briefe. Und da war mehr dahinter, als bloß das. Man guckt ja nie durch. Übrigens hat derselbe Mahlke – und da war ich dabei – bei Groß-Bislaw auf eigene Faust ein unterirdisches Partisanen-Magazin. Auch wieder ne dolle Geschichte. War nämlich ein ganz gewöhnlicher Teich, wie's hier überall. Wir machen in der Gegend halb Geländedienst halb Einsatz, liegen schon ne halbe Stunde neben dem Tümpel, und der Mahlke guckt immer und guckt, sagt dann, Momentchen mal, da stimmt doch was nicht. Na, der Unterfeldmeister, wie hieß er schon, grinst, wir auch, läßt ihn aber, und der Mahlke die Klamotten runter im Nu und beginnt in dem Tümpel. Und was sag ich Euch: Schon beim viertenmal Runtergehn, findet er mitten in der braunen Soße aber keine fünfzig Zentimeter unterm Wasserspiegel, den Eingang zu nem ganz modernen Bunkermagazin mit hydraulischer Verladevorrichtung, konnte man ausfahren lassen: vier Lkw voll haben wir, und der Chef mußte ihn vor versammelter Abteilung belobigen. Soll ihn sogar, trotzdem er mit der Alten, für nen kleinen Orden. Haben sie ihm zum Barras nachgeschickt. Wollte zu den Panzern, wenn sie ihn genommen haben.«

Anfangs hielt ich mich zurück. Auch Winter, Jürgen Kupka und Bansemer blieben maulfaul, wenn das Gespräch auf Mahlke kam. Manchmal, beim Essenfassen oder wenn wir zum Geländedienst durch die Führersiedlung mußten und das zweite Haus von links immer noch keinen Kaninchenstall hatte, blickten wir vier uns flüchtig an. Oder reglos lauerte eine Katze in grüner, leichtbewegter Wiese: schon verständigten wir uns mit bedeutsamen Blicken, wurden zu einer verschwiegenen Gruppe, obgleich mir Winter und

Kupka, besonders Bansemer ziemlich gleichgültig waren.
Knappe vier Wochen vor unserer Entlassung – wir hatten laufend Partisaneneinsatz, bekamen aber niemanden zu fassen und hatten auch keine Verluste – in einer Zeit also, die uns nicht aus den Klamotten kommen ließ, begann das Munkeln. Jener Kammerbulle, der Mahlke eingekleidet und zur Entlausung geführt hatte, brachte es aus der Schreibstube: »Erstens ist wieder mal ein Brief von dem Mahlke an die Frau des ehemaligen Chefs eingetrudelt. Wird ihr nach Frankreich nachgeschickt. Zweitens liegt eine Anfrage von ganz oben vor. Wird noch bearbeitet. Drittens, und das sage ich Euch: Das steckte in dem Mahlke von Anfang an drinnen. Aber in so kurzer Zeit! Na, früher hätte der noch so dolle Halsschmerzen haben können, wenn er nicht Offizier gewesen wäre. Aber heute können alle Mannschaftsdienstgrade. Dürfte so ziemlich der Jüngste sein. Wenn ich mir den vorstelle, mit diesen Ohren . . .«
Da begannen Wörtchen aus meinem Mund zu kullern. Winter hinterdrein. Auch Jürgen Kupka und Bansemer mußten ihr Wissen verbreiten.
»Oh, wissen Sie, den Mahlke, den kennen wir schon lange.«
»Den gab's schon bei uns auf der Penne.«
»Der hatte immer schon, auch als er knapp Vierzehn war, riesige Halsschmerzen.«
»Na, und das Ding mit dem Kapitänleutnant? Als er dem Kaleu während der Turnstunde den Apparat mit dem Band vom Haken klaute? Also das war so . . .«
»Nee, mit dem Grammophon müssen wir anfangen.«
»Und die Konservendosen, war das etwa nichts? Also ganz zu Anfang trug er immer einen Schraubenzieher . . .«
»Momentchen! Wenn Du vorne anfangen willst, mußte mit dem Schlagballturnier auffem Heinrich-Ehlers-Platz beginnen. Das war nämlich so: Wir liegen flach und Mahlke pennt. Da streicht schnurgerade eine graue Katze durch die Wiese auf Mahlkes Hals zu. Und wie nun die Katze seinen Hals sieht, denkt sie, das ist eine Maus, was sich da bewegt und springt . . .«
»Quatsch Mensch, Pilenz nahm doch die Katze und hat sie ihm – oder?«

Zwei Tage später bekamen wir es offiziell bestätigt. Die Abteilung wurde beim Morgenappell unterrichtet: Ein ehemaliger Arbeitsdienstmann der Abteilung Tuchel-Nord hat zuerst als einfacher Richtschütze, dann als Unteroffizier und Panzerkommandant in pau-

senlosem Einsatz und an strategisch wichtiger Stelle soundsoviel russische Panzer, darüber hinaus und so weiter und so weiter.
Wir begannen schon mit dem Klamottenabgeben, der Ersatz sollte eintreffen, da schickte mir meine Mutter einen Zeitungsausschnitt des »Vorposten«. Und es stand mit Buchstaben gedruckt: Ein Sohn unserer Stadt hat in pausenlosem Einsatz, zuerst als einfacher Richtschütze, dann als Panzerkommandant und so weiter und so weiter.

XII

Geschiebemergel, Sand, flimmerndes Moor, Kuschelgebüsch, fliehende Kieferngruppen. Teiche Handgranaten Karauschen, Wolken über Birken, Partisanen hinter Ginster, Wacholder Wacholder, der gute alte Löns – der kam von dort – und das Kino in Tuchel blieben zurück; nur meinen lederähnlichen Pappkoffer, sowie ein Sträußchen verjährtes Heidekraut nahm ich mit. Aber schon während der Fahrt, als ich das Kraut hinter Karthaus zwischen die Gleise warf, auf allen Vorortbahnhöfen, dann auf dem Hauptbahnhof, vor den Schaltern, im Gewühl der Fronturlauber, im Eingang der Leitstelle und in der Straßenbahn nach Langfuhr begann ich widersinnig aber versessen nach Joachim Mahlke zu suchen. Lächerlich und durchschaut kam ich mir in zu eng gewordener Zivilkleidung – Schülerkleidung vor, fuhr nicht nach Hause – was konnte mich dort schon erwarten? – stieg nahe unserem Gymnasium, an der Haltestelle Sportpalast aus. Den Pappkoffer gab ich beim Pedell ab, fragte ihn aber nicht, war überall sicher und hetzte die große Granittreppe mit Sprüngen über drei Stufen hoch. Nicht, daß ich erwartete, ihn in der Aula zu fangen – der standen beide Türen offen, aber nur Putzfrauen stellten die Bänke auf den Kopf, seiften das Holz für wen wohl ab. Links bog ich ein: gedrungene Granitsäulen, heiße Stirnen zu kühlen. Die marmorne Gedenktafel für die Gefallenen beider Kriege mit noch ziemlich viel Platz. Lessing in der Nische. Überall lief der Unterricht, denn alle Gänge zwischen den Klassentüren leer. Nur einmal ein Quartaner, der eine gerollte Landkarte mit dünnbeinigen Schritten mitten durch den achteckigen, jeden Winkel ausmessenden Geruch trug. 3 a – 3 b – Zeichensaal – 5 a – der Glaskasten für ausgestopfte Säugetiere – was war denn diesmal drinnen? Natürlich eine Katze. Und wo fieberte die Maus? Vorbei am Konferenzzimmer. Und als der Korridor Amen sagte, stand, das helle Stirnfenster im Rücken, zwischen Sekretariat und Direktorzimmer, der Große Mahlke ohne Maus: denn er hatte den besonderen Artikel am Hals, das Dingslamdei, den Magneten, das Gegenteil einer Zwiebel, galvanisierten Vierklee, des guten alten Schinkel Ausgeburt, den Bonbon, Apparat, das Ding Ding Ding, das Ichsprechesnichtaus.
Und die Maus? Sie schlief, überwinterte im Juni. Schlummerte unter dicker Decke, denn Mahlke hatte zugenommen. Nicht, daß jemand, das Schicksal oder ein Autor, sie getilgt oder gestrichen hätte, wie Racine die Ratte in seinem Wappen gestrichen und nur den Schwan geduldet hatte. Immer noch Wappentier war das Mäuschen und tat

auch im Traum lebendig, wenn Mahlke schluckte; denn ab und zu mußte der Große Mahlke, so hoch sie ihn dekoriert hatten, schlucken. Wie sah er aus? Daß die Kampfhandlungen Dich hatten zunehmen lassen, leicht, um zwei Löschblattstärken, sagte ich schon. Du hattest Dich halb an das Fensterbrett gelehnt, halb auf das weißlackierte Brett gesetzt. Wie alle, die bei den Panzern Dienst taten, trugst Du diese räubermäßig gewürfelte, aus schwarzen und feldgrauen Stükken gemischte Phantasieuniform: graue Überfallhosen verdeckten die Schäfte schwarzer hochgewichster Knobelbecher. Eine schwarze enge, Dich fältchenziehend unter den Armen kneifende – denn Deine Arme standen henkelartig ab – dennoch kleidsame Panzerjacke ließ Dich, trotz der paar zugenommenen Pfund, schmächtig wirken. Auf der Jacke kein Orden. Dabei hattest Du beide Kreuze und noch irgend etwas aber kein Verwundetenabzeichen: Du warst ja mit Hilfe der Jungfrau kugelsicher. Verständlich, daß auf der Brust alles, vom neuen Blickfang ablenkende Beiwerk fehlte. Das brüchige, nachlässig geputzte Koppel schnürte nur eine schmale Handbreite Stoff ab: so kurz waren die Panzerjacken, wurden auch Affenjäckchen genannt. Wenn das Koppelzeug mit Hilfe jener weit hinten, beinahe auf dem Gesäß hängenden Pistole, das starr Angestrengte Deiner Stellung schief und verwegen aufzulösen versuchte, daß Dir die graue Feldmütze ohne den beliebten und damals wie heute üblichen Schlag nach rechts, streng gerade auf dem Kopf und erinnerte mit rechtwinkliger Knautschfalte an Deinen Hang zur Symmetrie, auch an den Mittelscheitel Deiner Schüler- und Taucherjahre, als Du vorgabst, Clown werden zu wollen. Dabei trugst Du bevor und nachdem man Deine chronischen Halsschmerzen mit einem Stück Metall geheilt hatte, keine Erlöserhaare mehr. Jene alberne streichholzlange Bürste, die damals den Rekruten zierte, heute pfeiferauchenden Intellektuellen den Anschein moderner Askese vermittelt, hatte man Dir oder hattest Du Dir geschnitten. Dennoch Erlösermiene: der Hoheitsadler an einer wie genagelt im Lot sitzenden Feldmütze spreizte sich über Deiner Stirn als Taube des Heiligen Geistes. Deine dünne lichtempfindliche Haut. Mitesser in fleischiger Nase. Die oberen Augenlider, durchwirkt von rötlichen Äderchen, hieltest Du gesenkt. Und als ich vor Dir schnell atmete und die ausgestopfte Katze hinter Glas im Rücken hatte, wurde Dein Blick kaum größer.
Erster Scherzversuch: »Tag, Unteroffizier Mahlke!« Der Scherz mißlang: »Warte hier auf Klohse. Gibt irgendwo Mathematik.«
»Na, der wird sich freuen.«
»Will wegen des Vortrages mit ihm sprechen.«

»Warst Du schon in der Aula?«
»Mein Vortrag ist ausgearbeitet, Wort für Wort.«
»Hast Du die Putzfrauen gesehen? Die seifen schon die Bänke ab.«
»Werde nachher mit Klohse kurz hineinschauen und die Anordnung der Stühle auf dem Podest besprechen.«
»Der wird sich freuen.«
»Werde mich dafür einsetzen, daß der Vortrag nur für Schüler von der Untertertia aufwärts gehalten werden soll.«
»Weiß Klohse denn, daß Du hier wartest?«
»Fräulein Hersching vom Sekretariat hat es ihm gemeldet.«
»Na, der wird sich freuen.«
»Werde einen sehr kurzen aber konzentrierten Vortrag halten.«
»Ja, Mensch, erzähl doch, wie haste das hinbekommen, und in so kurzer Zeit?«
»Mein lieber Pilenz, Geduld, sage ich: in meinem Vortrag werden so ziemlich alle Probleme, die mit der Verleihung zusammenhängen, berührt und behandelt werden.«
»Na, da wird sich Klohse aber freuen.«
»Ich werde ihn ersuchen, mich weder einzuführen noch vorzustellen.«
»Soll Mallenbrandt etwa?«
»Der Pedell kann den Vortrag ankünden und basta.«
»Na der wird sich . . .«
Das Klingelzeichen sprang von Stockwerk zu Stockwerk und beendete die Unterrichtsstunden in allen Klassenzimmern des Gymnasiums. Jetzt erst öffnete Mahlke beide Augen ganz. Wenige Wimpern standen kurz ab. Seine Haltung sollte lässig wirken – aber er stand sprungbereit. Ich drehte mich, vom Rücken her beunruhigt, halb zum Glaskasten: war keine graue Katze, mehr eine schwarze Katze, die auf weißen Pfoten immerfort in unsere Richtung schlich und ein weißes Lätzchen zeigte. Ausgestopfte Katzen vermögen echter zu schleichen als lebendige Katzen. Auf gestelltem Pappschildchen stand in Schönschrift geschrieben: Die Hauskatze. Ich sagte zum Fenster hin, weil es nach dem Klingeln zu still wurde, auch weil die Maus erwachte und die Katze mehr und mehr Bedeutung bekam, etwas Scherzhaftes und noch etwas Scherzhaftes, und etwas über seine Mutter und seine Tante, sprach, um ihn zu stärken, von seinem Vater, von seines Vaters Lokomotive, von seines Vaters Tod bei Dirschau und seines Vaters posthum verliehener Tapferkeitsmedaille: »Na, Dein Vater, wenn der noch leben würde, der würde sich bestimmt freuen.«

Es trat aber, bevor ich den Vater beschworen und der Maus die Katze ausgeredet hatte, Oberstudienrat Waldemar Klohse mit hoher schlackenloser Stimme zwischen uns. Klohse sprach keinen Glückwunsch aus, sagte nicht Unteroffizier und Träger des Dingslamdei, auch nicht, Herr Mahlke, ich freue mich aufrichtig, sondern ließ so nebenbei, und nachdem er betontes Interesse für meine Arbeitsdienstzeit und die landschaftlichen Schönheiten der Tuchler Heide – Löns wuchs dort auf – gezeigt hatte, wohlgeordnete Wörtchen über Mahlkes Feldmütze marschieren: »Sehen Sie, Mahlke, nun haben Sie es doch noch geschafft. Waren Sie schon in der Horst-Wessel-Oberschule? Mein werter Kollege, Herr Studiendirektor Dr. Wendt, wird sich freuen. Gewiß werden Sie nicht versäumen, Ihren ehemaligen Mitschülern einen kleinen Vortrag zu halten, der geeignet wäre, den Glauben an unsere Waffen zu stärken. Darf ich Sie auf eine Minute in mein Zimmer bitten.«
Und der Große Mahlke folgte dem Oberstudienrat Klohse mit henkelartig gebogenen Armen ins Direktorzimmer und wischte sich in der Tür seine Feldmütze vom Stoppelhaar: Sein knubbliger Hinterkopf. Ein uniformierter Gymnasiast auf dem Wege zu einer ernsten Aussprache, deren Ergebnis ich nicht abwartete, obgleich ich gespannt war, was die bereits hellwache und unternehmungslustige Maus nach der Aussprache zu jener Katze sagen würde, die zwar ausgestopft war aber immer noch schlich.

Kleiner dreckiger Triumph: wieder einmal bekam ich Oberwasser. Na warte! Aber er wird nicht nachgeben können wollen können. Werde ihm behilflich sein. Kann mit Klohse sprechen. Werde Worte suchen, die zu Herzen gehen. Schade, daß sie Papa Brunies nach Stutthof gebracht haben. Der hätte ihm, mit dem guten alten Eichendorff in der Tasche, unter die Arme gegriffen.
Aber Mahlke konnte niemand helfen. Vielleicht wenn ich mit Klohse gesprochen hätte. Aber ich sprach ja mit ihm, ließ mir eine halbe Stunde lang Pfefferminzworte ins Gesicht blasen, gab kleinlaut und verschlagen zurück: »Wahrscheinlich und nach menschlichem Ermessen haben Sie Recht, Herr Oberstudienrat. Aber könnte man nicht in Anbetracht, ich meine, in diesem besonderen Fall. Einerseits verstehe ich Sie vollkommen. Der unumstößliche Faktor: Die Ordnung der Anstalt. Nichts läßt sich ungeschehen machen, andererseits, und weil er seinen Vater so früh verloren hat . . .«
Und mit Hochwürden Gusewski sprach ich, und mit Tulla Pokriefke sprach ich, damit sie mit Störtebeker und seinem Verein sprach. Ging

zu meinem ehemaligen Jungbannführer. Der hatte von Kreta her ein Holzbein, saß in der Gebietsführung am Winterplatz hinterm Schreibtisch, war begeistert von meinem Vorschlag und schimpfte auf die Pauker: »Klar doch, machen wir. Soll herkommen, der Mahlke. Erinnere mich dunkel an ihn. War da nicht mal was? Schwamm drüber. Werde alles Mögliche zusammentrommeln. Sogar BDM und Frauenschaft. Werde schräg gegenüber, in der Oberpostdirektion, einen Saal organisieren, dreihundertfünfzig Stühle . . .«
Und Hochwürden Gusewski wollte in der Sakristei seine alten Damen und ein Dutzend katholische Arbeiter versammeln, denn ein Gemeindesaal stand ihm nicht zur Verfügung.
»Vielleicht kann ihr Freund, damit der Vortrag einen der Kirche gemäßen Rahmen erhält, anfangs etwas über den heiligen Georg sagen und zum Abschluß auf Hilfe und Kraft des Gebetes in großer Not und Gefahr hinweisen«, schlug Gusewski vor und versprach sich viel von dem Vortrag.
Am Rande erwähne ich noch jenen Keller, den die Halbwüchsigen um Störtebeker und Tulla Pokriefke Mahlke zur Verfügung stellen wollten. Ein gewisser Rennwand, den ich flüchtig kannte – er ministrierte in der Herz-Jesu-Kirche – wurde mir von Tulla vorgestellt, machte geheimnisvolle Andeutungen und sprach von freiem Geleit für Mahlke, nur die Pistole müsse er abliefern: »Natürlich werden wir ihm, wenn er zu uns kommt, die Augen verbinden. Auch 'ne kleine eidesstattliche Erklärung von wegen Stillschweigen und so weiter, reine Formsache, wird er unterschreiben müssen. Selbstverständlich zahlen wir anständig. Entweder in bar oder mit Dienstuhren. Wir machen auch nichts umsonst.«
Aber Mahlke wollte weder noch – und auch kein Honorar. Ich stieß ihn an: »Was willste eigentlich? Nichts ist Dir gut genug. Fahr doch nach Tuchel-Nord. Da ist jetzt ein neuer Jahrgang. Der Kammerbulle und der Küchenchef kennen Dich noch von damals und freuen sich bestimmt, wenn Du bei ihnen aufkreuzt und 'ne Rede hältst.«
Mahlke hörte sich alle Vorschläge ruhig, stellenweis lächelnd an, nickte zustimmend, stellte sachliche, die Organisation der geplanten Veranstaltungen betreffende Fragen und lehnte, sobald dem jeweiligen Vorhaben nichts mehr im Weg stand, kurz und mürrisch alles, sogar eine Einladung der Gauleitung ab; denn er kannte von Anfang an nur ein Ziel: die Aula unserer Schule. Wollte im staubwimmelnden Licht stehen, das durch neugotische Spitzbogenfenster sikkerte. Wollte gegen den Geruch der dreihundert laut und leise furzenden Gymnasiasten anreden. Wollte die abgewetzten Köpfe sei-

ner ehemaligen Lehrer um sich und hinter sich versammelt wissen. Wollte jenes Ölbild am Ende der Aula als Gegenüber haben, das den Stifter der Anstalt, den Freiherrn von Conradi, käsig und unsterblich unter dickem spiegelndem Firnis zeigte. Wollte durch eine der altbraunen Flügeltüren hinein in die Aula, wollte nach kurzer, womöglich gezielter Rede durch die andere Tür hinaus; aber Klohse stand in kleinkarierten Knickerbockern vor beiden Türen gleichzeitig: »Als Soldat sollten Sie wissen, Mahlke. Nein, jene Putzfrauen seiften die Bänke ohne besonderen Grund ab, nicht für Sie, nicht für Ihre Rede. Es mag Ihr Plan noch so gut durchdacht sein, dennoch geht er nicht auf: Viele Leute – lassen Sie sich das gesagt sein – lieben Zeit ihres Lebens kostbare Teppiche und sterben dennoch auf rohen Fußbodenbrettern. Lernen Sie verzichten, Mahlke!«
Und Klohse gab ein bißchen nach, rief eine Konferenz ein, und die Konferenz beschloß in Übereinstimmung mit dem Direktor der Horst-Wessel-Oberschule: »Die Ordnung der Anstalt verlangt ...«
Und Klohse ließ sich vom Oberschulrat bestätigen, daß ein ehemaliger Schüler, dessen Vorgeschichte, selbst wenn er, doch gerade in Anbetracht der schweren und ernsten Zeiten, ohne allerdings jener Affäre übertrieben Bedeutung beizumessen, zumal der Fall schon vor geraumer Zeit, dennoch und weil der Fall beispiellos, seien die Kollegien beider Anstalten übereingekommen, daß ...
Und Klohse schrieb einen Brief, ganz privat. Und Mahlke las, daß Klohse nicht so könne wie sein Herz wolle. Es seien leider Zeit und Umstände dergestalt, daß ein erfahrener und von der Bürde des Berufes gezeichneter Schulmann nicht einfach und väterlich sein Herz sprechen lassen dürfe; er bitte im Sinne der Anstalt und hinweisend auf den alten Conradischen Geist, um mannhafte Unterstützung; gerne wolle er sich jenen Vortrag anhören, den Mahlke, nun hoffentlich bald und ohne jeden bitteren Gedanken, in der Horst-Wessel- Schule zu halten gedenke; oder aber, er möge, wie es schon immer dem Helden ziemte, den besseren Teil der Rede wählen und schweigen.
Aber der Große Mahlke befand sich in einer Allee, ähnlich jener tunnelartig zugewachsenen, dornenreichen und vogellosen Allee im Schloßpark Oliva, die keine Nebenwege hatte und dennoch ein Labyrinth war: während er tagsüber schlief, mit seiner Tante Mühle spielte oder ermattet tatenlos das Ende seines Urlaubs abzuwarten schien, schlich er mit mir, ich ihm hinterdrein, nie voraus, selten zur Seite, durch die Langfuhrer Nacht. Nicht ziellos irrten wir: jene stillvornehme, den Vorschriften des Luftschutzes gehorchende Baumbach-

allee, in der es Nachtigallen gab, in der Oberstudienrat Klohse wohnte, kämmten wir ab. Ich, müde in seinem Uniformrücken: »Mach keinen Quatsch, Siehst doch, daß Du nicht durchkommst. Was kann Dir schon daran liegen. Die paar Tage Urlaub, die Du noch hast. Wie lange haste eigentlich noch Urlaub? Mensch, mach bloß keinen Quatsch . . .«
Aber der Große Mahlke hatte eine andere Melodie in seinen abstehenden Ohren, als meine monoton ermahnende Litanei. Bis zwei Uhr früh belagerten wir die Baumbachallee und ihre zwei Nachtigallen. Zweimal hatten wir ihn, er war in Begleitung, passieren lassen müssen. Als aber nach vier durchlauerten Nächten Oberstudienrat Klohse alleine und gegen elf Uhr nachts, hoch und schmal in Knikkerbockern aber ohne Hut, ohne Mantel – denn die Luft war weich – vom Schwarzen Weg her die Baumbachallee hochkam, ließ der Große Mahlke seine linke Hand ausfahren und Klohses Hemdkragen mit der zivilen Krawatte fassen. Er drückte den Schulmann gegen einen kunstgeschmiedeten Eisenzaun, hinter dem Rosen blühten, die – weil es so dunkel war – besonders stark, und noch lauter als die Nachtigallen singen konnten, überall hindufteten. Und Mahlke nahm Klohses brieflichen Rat an, wählte der Rede besseren Teil, das heldische Schweigen und schlug wortlos, links rechts, mit Handrücken und Handfläche, in des Oberstudienrates rasiertes Gesicht. Beide starr und mit Haltung. Nur das Klatschen lebendig und beredt; denn auch Klohse hielt seinen kleinen Mund verschlossen und wollte Rosenduft nicht mit Pfefferminzatem mischen.
Das geschah an einem Donnerstag und dauerte keine schmale Minute. Wir ließen Klohse am Eisenzaun stehen. Das heißt, Mahlke machte zuerst kehrt, schritt mit Knobelbechern über den kiesbestreuten Bürgersteig unter rotem Ahorn, der aber schwarz nach oben hin alles abschirmte. Ich versuchte, bei Klohse so etwas wie eine Entschuldigung anzubringen, für Mahlke – und für mich. Der Geschlagene winkte ab, sah schon nicht mehr geschlagen aus, stand gestrafft und verkörperte dunkel als Umriß, von Schnittblumen und seltenen Vogelstimmen unterstützt, die Anstalt, die Schule, die Conradische Stiftung, den Conradischen Geist, das Conradium; so hieß unser Gymnasium.

Von dort aus, von jener Minute an, liefen wir durch unbelebte Vorortstraßen und hatten für Klohse kein Wörtchen mehr frei. Mahlke sprach betont sachlich vor sich hin: Problematisches, das ihn und zum Teil auch mich in jenem Alter beschäftigen mochte. Etwa:

Gibt es ein Leben nach dem Tode? Oder: Glaubst Du an Seelenwanderung? Mahlke plauderte: »Ich lese neuerdings ziemlich viel Kierkegaard. Später mal mußt Du unbedingt Dostojewski lesen, und zwar, wenn Du in Rußland bist. Da wird Dir eine Menge aufgehen, die Mentalität und so weiter.«
Mehrmals standen wir auf Brücken über dem Strießbach, einem Rinnsal voller Blutegel. Es machte sich gut, am Geländer zu hängen und auf Ratten zu warten. Jede Brücke ließ das Gespräch von Banalem, etwa mühsamen Wiederholungen schülerhafter Weisheiten über Kriegsschiffe und ihre Panzerstärke, Bestückung und Geschwindigkeit in Knoten, zur Religion und den sogenannten letzten Fragen wechseln. Auf der kleinen Neuschottlandbrücke starrten wir zuerst lange in den junimäßig ausgesternten Himmel, starrten dann – und jeder für sich – in den Bach. Mahlke halblaut, während sich unten der flache Ausfluß des Aktienteiches an Konservendosen brach und den Hefedunst der Aktienbierbrauerei mitführte: »Natürlich glaube ich nicht an Gott. Der übliche Schwindel, das Volk zu verdummen. Die einzige, an die ich glaube, ist die Jungfrau Maria. Deshalb werde ich auch nicht heiraten.«
Das war ein Sätzchen, knapp und wirr genug, um auf einer Brücke ausgesprochen zu werden. Mir blieb der Satz. Wenn immer ein Bach, ein Kanal von einem Brückchen überspannt wird, wenn immer es unten gurgelt und sich an jenem Gerümpel bricht, das überall unordentliche Leute von Brücken in Bäche und Kanäle werfen, steht Mahlke in Knobelbechern, Überfallhosen, im Panzeraffenjäckchen neben mir, läßt den großen Artikel an seinem Hals, indem er sich übers Geländer beugt, lotrecht hängen, triumphiert ernst und als Clown über Katze und Maus mit unwiderlegbarem Glauben: »Natürlich nicht an Gott. Schwindel, Volk zu verdummen. Einzige ist Maria. Werde nicht heiraten.«
Und er sprach noch eine Menge Worte, die in den Strießbach fielen. Vielleicht umkreisten wir zehnmal den Max-Halbe-Platz, liefen zwölfmal den Heeresanger von unten nach oben und zurück. Standen unschlüssig an der Endstation der Linie Fünf. Sahen nicht ohne Hunger zu, wie Straßenbahnschaffner und -schaffnerinnen mit Dauerwellen im blauverdunkelten Anhänger saßen und in Butterbrote bissen, aus Thermosflaschen tranken.
... und einmal kam eine Bahn – oder hätte eine Bahn kommen können, in der Tulla Pokriefke, die seit Wochen Kriegshilfsdienst leisten mußte, als Schaffnerin mit schiefem Käppi saß. Wir hätten sie angesprochen, und ich hätte mich bestimmt mit ihr verabredet, wenn

sie auf der Linie Fünf Dienst getan hätte. So aber sahen wir nur ihr kleines Profil hinter trüb blauem Glas und waren nicht sicher.
Ich sagte: »Mit der solltest Du es mal versuchen.«
Mahlke gequält: »Hast doch gehört, daß ich nicht heiraten werde.«
Ich: »Das würde Dich auf andere Gedanken bringen.«
Er: »Und wer bringt mich danach wieder auf andere Gedanken?«
Ich versuchte zu scherzen: »Die Jungfrau Maria natürlich.«
Er hatte Bedenken: »Und wenn Sie beleidigt ist.?«
Ich vermittelte: »Wenn Du willst, werde ich morgen früh bei Gusewski ministrieren.«
Überraschend schnell kam sein »Abgemacht!« und er bewegte sich auf jenen Anhänger zu, der immer noch Tulla Pokriefkes Profil als Straßenbahnschaffnerin versprach. Bevor er einstieg, rief ich: »Wie lange hast Du eigentlich noch Urlaub?«
Und der Große Mahlke sagte aus der Tür des Anhängers heraus: »Mein Zug fuhr vor viereinhalb Stunden und wird jetzt, wenn nichts dazwischengekommen ist, kurz vor Modlin sein.«

XIII

»Misereatur vestri omnipotens Deus, et, dimissis peccatis vestris . . .« hob es sich seifenblasenleicht von Hochwürden Gusewskis gespitztem Mund, schillerte regenbogenbunt, schaukelte, vom insgeheimen Strohhalm entlassen, unschlüssig, stieg endlich und spiegelte Fenster, den Altar, die Jungfrau, spiegelte Dich mich alles alles – und platzte schmerzlos, sobald der Segen Blasen warf: »Indulgentiam, absolutionem et remissionem peccatorum vestrorum . . .« Aber gleich nachdem das Amen der sieben oder acht Gläubigen auch diese gehauchten Kugeln gespießt hatte, hob Gusewski die Hostie, ließ mit vollendeter Lippenstellung die ganz große und entsetzt in der Zugluft zitternde Seifenblase wachsen, hob sie mit hellroter Zungenspitze ab: und sie stieg lange, ehe sie fiel und nahe der zweiten Bank vor dem Marienaltar verging: »Ecce Agnus Dei . . .«

Mahlke kniete als erster und bevor sich das »Herrichbinnichtwürdigdaßdueingehstuntermeindach« dreimal wiederholt hatte, an der Kommunionbank. Noch ehe ich Gusewski die Altarstufen hinunter und vor die Bank schleuste, ließ er den Kopf in den Nacken sinken, bettete sein spitzes und übernächtigtes Gesicht parallel zur geweißten Betondecke der Kapelle und trennte mit der Zunge die Lippen. Moment, da der Priester mit der ihm zugedachten Oblate ein Kreuz, klein und flüchtig, über ihn wischte: sein Gesicht trieb Schweiß. Hell stand der Tau auf den Poren und verlor den Halt. Er hatte sich nicht rasiert: Stoppeln schlitzten die Perlen. Abgekocht traten Augen vor. Mag sein, daß das Schwarz der Panzerjacke die Bleiche seines Gesichtes höhte. Trotz dicker Zunge schluckte er nicht. Gestochen kreuzte sich jener eiserne Artikel, der das kindliche Kritzeln und Durchkreuzen so vieler russischer Panzer zu belohnen hatte, über dem obersten Kragenknopf und nahm keinen Anteil. Erst als Hochwürden Gusewski die Hostie auf Joachim Mahlkes Zunge lud, und jener das leichte Gebäck zu sich nahm, mußtest Du schlucken; ein Vorgang, dem das Metall gehorchte.

Laß uns noch einmal zu Dritt und immer wieder das Sakrament feiern: Du kniest, ich stehe hinter trockener Haut. Dein Schweiß erweitert Poren. Auf belegter Zunge lädt Hochwürden die Hostie ab. Eben noch reimten wir uns alle drei auf dasselbe Wort, da läßt ein Mechanismus Deine Zunge einfahren. Lippen kleben wieder. Dein Schlucken pflanzt sich fort, und indem der große Artikel nachbebt, weiß ich, der Große Mahlke wird die Marienkapelle gestärkt verlassen, sein Schweiß wird trocknen; wenn gleich darauf sein Gesicht

dennoch feucht glänzte, näßte es Regen. Draußen, vor der Kapelle nieselte es.
In der trocknen Sakristei sagte Gusewski: »Er wird vor der Tür stehen. Man sollte ihn vielleicht hineinrufen aber ...«
Ich sagte: »Lassen Sie nur, Hochwürden. Werde mich schon um ihn kümmern.«
Gusewski mit den Händen bei den Lavendelsäckchen im Schrank: »Er wird doch wohl keine Dummheiten machen wollen?«
Ich ließ ihn angekleidet stehen, half nicht beim Ablegen: »Da halten Sie sich am besten ganz raus, Hochwürden.« Sagte aber auch zu Mahlke, als der in Uniform und regennaß vor mir stand: »Du Idiot, was willste denn noch hier? Mach, daß Du nach Hochstrieß auf die Frontleitstelle kommst. Laß Dir was einfallen, von wegen Urlaubüberschreiten. Ich will damit nichts zu tun haben.«
Hätte mit dem Wort gehen sollen, blieb aber und wurde naß: Regenwetter verbindet. Versuchte es mit Gutzureden: »Die werden nicht gleich beißen. Kannst ja sagen, mit Deiner Tante oder Mutter war irgend was los.«
Mahlke nickte, wenn ich einen Punkt machte, ließ manchmal den Unterkiefer fallen, lachte grundlos, sprudelte über: »War doll gestern mit der kleinen Pokriefke. Hätt ich nicht gedacht. Die ist ganz anders, als sie tut. Also ehrlich gesagt: Wegen der will ich nicht mehr raus. Hab schließlich meinen Teil erledigt – oder? Werde einen Antrag stellen. Können mich ja nach Groß-Boschpol als Ausbilder abschieben. Jetzt sollen mal andere die Schnauze hinhalten. Nicht daß ich Angst habe, hab einfach genug. Kannste das verstehen?«
Ich ließ mir nichts vormachen und nagelte ihn fest: »So, wegen der Pokriefke also. Die war aber gar nicht. Die fährt Linie Zwei nach Oliva und nicht Linie Fünf. Das weiß hier jeder. Schiß hast Du – kann ich gut verstehen!«
Er wollte mit ihr unbedingt was gehabt haben: »Mit Tulla, das kannste ruhig glauben. Sogar bei ihr zu Hause, Elsenstraße. Ihre Mutter guckt weg. – Aber es stimmt, ich will nicht mehr. Vielleicht hab ich auch Angst. Vorhin, vor der Messe, da hatte ich welche. Jetzt ist schon besser.«
»Denk, Du glaubst nicht an Gott und sowas.«
»Das hat mit dem überhaupt nichts zu tun.«
»Na schön, Schwamm drüber, und was jetzt?«
»Vielleicht könnte man bei Störtebeker und den Jungs, Du kennst die doch.«
»Nee, mein Lieber. Mit dem Verein habe ich nichts mehr. Fingerchen

verbrennen und so weiter. Da hättste besser bei der Pokriefke angefragt, wenn Du wirklich mit ihr bei ihr zu Hause . . .«
»Kapier doch : In der Osterzeile kann ich mich nicht mehr blicken lassen. Wenn die nicht schon da sind, dauert es auf keinen Fall lange – sag mal, kann ich bei Euch im Keller, für'n paar Tage bloß?«
Aber ich wollte abermals nichts damit zu tun haben: »Kriech sonstwo unter. Ihr habt doch Verwandte auffem Land, oder bei den Pokriefkes im Holzschuppen der Tischlerei, die ihrem Onkel . . . Oder auf dem Kahn.«
Das Wort trug eine Weile. Zwar sagte Mahlke noch: »Bei dem Sauwetter?« aber es war schon alles beschlossen; und wenn ich mich zäh und viel redend weigerte, ihn zum Kahn zu begleiten, gleichfalls vom Sauwetter sprach, zeichnete sich dennoch ab, daß ich mit ihm mußte: Regenwetter verbindet.
Eine gute Stunde lang liefen wir von Neuschottland nach Schellmühl und wieder zurück und abermals den langen Posadowskiweg hoch. In den Windschatten von mindestens zwei Litfaßsäulen, die von immer denselben Kohlenklau- und Groschengrabplakaten rund waren, drückten wir uns, kamen wieder ins Laufen. Vom Haupteingang der Städtischen Frauenklinik aus sahen wir die vertraute Kulisse: hinter dem Bahndamm und schweren Kastanien lockten Giebel und Turmhelm des standfesten Gymnasiums; aber er guckte nicht oder sah was anderes. Dann standen wir eine halbe Stunde lang in dem Wartehäuschen der Haltestelle Reichskolonie mit drei oder vier Volksschülern unterm selben lauten Blechdach. Die Jungs boxten sich mäßig und drückten einander von der Bank. Nützte nicht viel, daß Mahlke ihnen den Rücken drehte. Zwei kamen mit aufgeschlagenen Schulheften, sprachen breitestes Bocksch durcheinander, und ich sagte: »Habt Ihr denn keine Schule?«
»Nä äst om Naine, wänn wä ieberhaupt jähn.«
»Gebt schon her – aber dalli.«
Mahlke setzte jeweils auf die letzte Seite beider Hefte oben links seinen Namen und Dienstrang. Die Jungs waren nicht zufrieden, wollten außerdem die genaue Zahl der abgeschossenen Panzer vermerkt haben – und Mahlke gab nach, schrieb, als füllte er Postanweisungen aus, zuerst mit Zahlen, dann mit Buchstaben, und mußte noch in zwei weitere Hefte mit meinem Füllhalter seinen Vers setzen. Schon wollte ich ihm den Füller abnehmen, als einer der Jungs wissen wollte: »Wo ham Se die dän abjeknallt bei Bjälgerott oder bai Schietemier?«
Mahlke hätte nicken und Ruhe schaffen sollen. Er flüsterte aber mit

belegter Stimme: »Nein, Jungs, die meisten im Raum von Kovel–Brody–Brezany. Und im April, als wir die erste Panzerarmee bei Buczacz herausholten.«
Ich mußte den Füllhalter noch einmal aufschrauben. Die Jungs wollten alles schriftlich haben und pfiffen zwei weitere Volksschüler aus dem Regen in das Wartehäuschen. Immer derselbe Jungensrükken hielt als Schreibunterlage still. Der wollte sich strecken, gleichfalls ein Heft vorzeigen, aber sie ließen es nicht geschehen: einer muß hinhalten. Und Mahlke mußte mit zunehmend zitternder Schrift – auch sprang ihm wieder der helle Schweiß aus den Poren – Kovel schreiben und Brody-Brezany, Cerkassy und Buczacz. Fragen kamen aus blankverschmierten Gesichtern: »Warrn Se och bai Kriewäurock?« Jeder Mund offen. In jedem Mund fehlten Zähne. Augen vom Großvater väterlicherseits. Ohren ganz aus Mutters Familie. Naslöcher hatte jeder: »Ond wo wärrden Se nu hinvälecht?«
»Mänsch, darffä nech sagen nech, waas frräkst?«
»Wätten wä, inne Inwasjon?«
»Dem schparrn se auf fier nachem Kriech.«
»Frag ihm mal, obber och baim Fiehrä war jewäsen?«
»Onkel warrste?«
»Sag ma, siehss nech, dessä Ontroffzier is?«
»Ham Se kain Pfoto von sech bai sech?«
»Wä sammeln nämlech.«
»Wielank ham Se aijentlich noch Uälaup?«
»Jo, wielank noch?«
»Send Se morjen noch da?«
»Oder wänn ist Jä Uälaup vorbai?«
Mahlke brach durch. Tornister ließen ihn stolpern. Mein Füller blieb in dem Häuschen. Dauerlauf in schräger Schraffur. Seite an Seite durch Pfützen: Regen verbindet. Erst hinter dem Sportplatz fielen die Jungens zurück. Noch lange riefen sie und mußten nicht zur Schule. Noch heute wollen sie mir meinen Füllfederhalter zurückgeben.
Erst zwischen den Schrebergärten hinter Neuschottland versuchten wir ruhiger zu atmen. Ich hatte Wut im Bauch, und die Wut bekam Junge. Mit dem Zeigefinger tippte ich auffordernd gegen den verdammten Bonbon, und Mahlke nahm ihn sich hastig vom Hals. Auch er hing, wie Jahre zuvor der Schraubenzieher, an einem Schnürsenkel. Mahlke wollte ihn mir geben, doch ich winkte ab: »Laß man, danke für Obst.«
Aber er warf das Eisen nicht in die nassen Büsche, sondern hatte eine Gesäßtasche.

Wie komm ich hier weg? Die Stachelbeeren knapp hinter behelfsmäßigen Zäunen waren unreif: Mahlke begann mit zwei Händen zu pflücken. Mein Vorwand suchte nach Worten. Er futterte und spuckte Schlauben. »Wart hier ne halbe Stunde. Du mußt unbedingt Proviant mitnehmen, sonst hältste das nicht lange aus auf dem Kahn.«
Hätte Mahlke gesagt: »Komm aber wieder!« ich hätt' mich verdrückt. Er nickte kaum, als ich ging, rupfte mit zehn Fingern aus Sträuchern zwischen Zaunlatten, zwang mich mit vollem Mund, auszuhalten: Regen verbindet.

Es öffnete Mahlkes Tante. Gut, daß seine Mutter nicht zu Hause war. Hätte ja bei uns was Eßbares holen können. Dachte aber: Wozu hat er seine Familie? War auch neugierig auf die Tante. Wurde enttäuscht. Sie stand hinter der Küchenschürze und stellte keine Fragen. Durch offene Türen roch es nach etwas, das stumpfe Zähne machte: bei Mahlkes wurde Rhabarber eingekocht.
»Wir wolln für Joachim ne kleine Feier veranstalten. Trinkbares haben wir genug, aber falls wir Hunger bekommen . . .«
Wortlos holte sie zwei Kilobüchsen Schmalzfleisch aus der Küche, brachte auch einen Büchsenöffner mit. War aber nicht der gleiche, den Mahlke aus dem Kahn hochgeholt hatte, als er die Froschschenkeldosen in der Kombüse fand.
Während sie holte und hin und her überlegte – die Mahlkes hatten immer die Schränke voll, hatten Verwandte auf dem Land und mußten nur zugreifen – stand ich auf unruhigen Beinen im Korridor und guckte mir jenes Querformat an, das Mahlkes Vater mit dem Heizer Labuda zeigte. Die Maschine stand nicht unter Dampf.
Als die Tante mit einem Einkaufsnetz und Zeitungspapier für die Konservendosen zurückkam, sagte sie: »Ond wennä ässen wolld vom Schmalzflaisch, misst ä ärst warmmachen besschen. Is sonst zu mächtich ond blaibt of Magen liejen.«
Falls ich beim Weggehen fragte, ob jemand dagewesen wäre und nach Joachim gefragt hätte, würde mir die Frage mit Nein beantwortet. Aber ich fragte nicht, sondern sagte in der Tür: »Schönen Gruß von Joachim soll ich bestellen,« obgleich Mahlke mir keinen Gruß, nicht mal an seine Mutter aufgetragen hatte.

Auch er war nicht neugierig, als ich wieder zwischen den Schrebergärten im gleichen Regen vor seiner Uniform stand, das Netz an eine Zaunlatte hängte und mir die abgeschnürten Finger rieb. Immer noch tilgte er unreife Stachelbeeren und zwang mich, gleich seiner Tante,

um sein leibliches Wohlbefinden besorgt zu sein: »Du wirst Dir noch den Magen verkorksen!« aber Mahlke raffte, nachdem ich »Gehn wir« gesagt hatte, drei Hände voll aus tropfenden Sträuchern, füllte die Hosentaschen und spuckte, während wir um Neuschottland und die Siedlung zwischen Wolfsweg und Bärenweg einen Bogen schlugen, harte Stachelbeerschlauben vor sich hin. Als wir auf dem hinteren Perron des Straßenbahnanhängers standen, und linker Hand der Flugplatz im Regen lag, fraß er das Zeug immer noch in sich hinein.
Er reizte mich mit Stachelbeeren. Auch ließ der Regen nach. Das Grau wurde milchig, machte Lust, auszusteigen und ihn mit Stachelbeeren alleine zu lassen. Ich sagte aber nur: »Bei Euch zu Hause haben sie schon zweimal nach Dir gefragt. Waren welche in Zivil.«
»So?« Mahlke spuckte weiterhin Schlauben auf den Lattenrostboden des Perrons. »Und meine Mutter? Ahnt sie was?«
»Deine Mutter war nicht da, nur Deine Tante.«
»Wird Einkaufen gewesen sein.«
»Glaube kaum.«
»Dann war sie bei Schielkes und hat Bügeln geholfen.«
»War sie auch nicht, leider.«
»Willste paar Stachelbeeren?«
»Abgeholt wurde sie, nach Hochstrieß. Wollte es Dir eigentlich nicht sagen.«
Erst kurz vor Brösen gingen Mahlke die Stachelbeeren aus. Aber er suchte noch in beiden durchnäßten Taschen, als wir schon über einen Strand liefen, den der Regen gemustert hatte. Und als der Große Mahlke hörte, wie die See den Strand klatschte und mit Augen die Ostsee sah, auch die Kulisse des Kahns weit draußen und die Schatten einiger Pötte auf der Reede, sagte er – und der Horizont machte ihm einen Strich durch beide Pupillen –: »Ich kann nicht schwimmen.« Dabei hatte ich mir schon Schuhe und Hosen ausgezogen.
»Nu fang keine Geschichten an.«
»Wirklich nicht, ich hab Bauchschmerzen. Die verdammten Stachelbeeren.«
Da fluchte ich und suchte und fluchte und fand eine Mark in der Jackentasche, auch ein bißchen Kleingeld. Damit lief ich nach Brösen und lieh beim alten Kreft ein Boot für zwei Stunden. Das war gar nicht so leicht, wie es sich hinschreibt, obgleich Kreft nur wenige Fragen stellte und mir half, das Boot flottzubekommen. Als ich das Boot wieder auflaufen ließ, lag Mahlke im Sand und wälzte sich und

seine Panzeruniform. Ich mußte ihn treten, damit er auf die Beine kam. Er zitterte, produzierte Schweiß, drückte sich beide Fäuste in die Magengrube; aber ich kann ihm heute noch nicht die Bauchschmerzen glauben, trotz unreifer Stachelbeeren auf nüchternen Magen.

»Geh mal in die Dünen, nun los, geh schon!« Er ging krumm, machte Schleifspuren und verschwand hinterm Strandhafer. Vielleicht hätte ich sein Käppi sehen können, aber ich behielt, obgleich nichts ein- oder auslief, die Mole im Auge. Zwar kam er immer noch krumm zurück, half mir jedoch, das Boot freizubekommen. Ich setzte ihn ans Heck, gab ihm das Netz mit beiden Konservendosen auf die Knie und den Büchsenöffner im Zeitungspapier in die Pfoten. Als das Wasser hinter der ersten, dann hinter der zweiten Sandbank dunkel wurde, sagte ich: »Jetzt kannst Du mal paar Schläge machen.«

Der Große Mahlke schüttelte nicht einmal den Kopf, saß gebogen, hielt sich am eingewickelten Büchsenöffner fest und starrte durch mich hindurch: denn wir saßen uns gegenüber.

Obgleich ich nie mehr und bis heute nicht in ein Ruderboot stieg, sitzen wir uns immer noch gegenüber: und seine Finger fummeln. Am Hals ist er leer. Aber sein Käppi gerade. Seesand krümmelt aus Uniformfalten. Kein Regen, aber die Stirn tropft. Jeder Muskel starr. Augen zum Auslöffeln. Mit wem die Nase vertauscht? Beide Knie fliegen. Keine Katze auf See, aber die Maus flüchtig.

Dabei war es nicht kalt. Nur wenn die Wolken rissen und die Sonne durch Löcher fiel, wanderten Schauer fleckig über die kaum atmende Fläche und sprangen auch das Boot an. »Pull doch auch mal paar Schläge, das heizt ein.« Zähneklappern bot das Heck als Antwort und aus periodischem Stöhnen kamen zerbissene Worte auf die Welt: ». . . hat man davon. Hätt mir einer vorher sagen. Wegen son Quatsch. Dabei hätte ich wirklich nen guten Vortrag. Hätte mit Beschreibung des Richtaufsatzes, dann über Hohlraumgranaten, Maybach-Motoren und so weiter. Mußte als Ladeschütze immer raus und Bolzen nachschlagen, auch bei Beschuß. Hätte aber nicht nur über mich. Wollte über meinen Vater und Labuda. Hätte ganz kurz das Eisenbahnunglück vor Dirschau. Und wie mein Vater durch persönlichen Einsatz. Und daß ich am Richtaufsatz immer an meinen Vater. War nicht mal versorgt, als er. Dank Dir auch für die Kerzen damals. O allzeit Reine. Die Du im unverletzlichen Glanze. Durch Fürsprache teilhaftig werde. Liebreiche, Gnadenreiche. Jawohl. Denn gleich mein erster Einsatz nördlich Kursk hat bewiesen. Und mitten im Schlamassel, als bei Orel der Gegenangriff. Und wie im August an

der Vorskla die Jungfrau. Alle lachten und den Divisionspfarrer schickten sie mir auf den Hals. Aber dann brachten wir die Front zum Stehen. Wurde leider zum Mittelabschnitt versetzt. Sonst wäre bei Charkow nicht so schnell. Prompt, bei Korosten erschien sie mir wieder, als wir das neunundfünfzigste Korps. Dabei hatte sie nie das Kind, immer das Bild. Wissen Sie, Herr Oberstudienrat, das hängt bei uns auf dem Korridor, neben dem Schuhputzsäckchen. Und das hielt sie nicht vor der Brust sondern tiefer. Ganz deutlich hatte ich die Lokomotive drinnen. Mußte nur zwischen meinen Vater und den Heizer Labuda halten. Vierhundert. Direkter Beschuß. Hast ja gesehen Pilenz, ich sprech die Dinger immer zwischen Turm und Wanne an. Das lüftet ganz schön. Nein, gesprochen hat sie nicht Herr Oberstudienrat. Aber wenn ich ganz ehrlich sein soll: mit mir muß sie nicht sprechen. Beweise? Sage ja, hielt das Bild. Oder in der Mathematik. Wenn Sie unterrichten und davon ausgehen, daß sich parallele Linien im Unendlichen berühren, ergibt sich doch, das müssen Sie zugeben, so etwas wie Transzendenz. Und so war es auch in der Bereitstellung östlich Kasatin. Am dritten Weihnachtstag übrigens. Sie bewegte sich von links gegen das Waldstück in Marschgeschwindigkeit fünfunddreißig. Mußte nur draufhalten draufhalten drauf. Mach mal links zwei Schläge, Pilenz, wir kommen vom Kahn ab.«
Mahlke verstand es, während des anfangs nur geklapperten, dann zwischen beherrschten Zähnen skizzierten Vortrages, den Kurs unseres Bootes zu überwachen und mir mit Hilfe seiner Diktion ein Tempo aufzuerlegen, das meine Stirn Schweiß treiben ließ, während ihm die Poren trockneten und Schluß machten. Keinen Ruderschlag lang war ich sicher, ob er über den wachsenden Brückenaufbauten mehr sah als die üblichen Möwen.
Bevor wir anlegten, saß er locker am Heck, spielte lässig mit dem Büchsenöffner ohne Papier und klagte nicht über Bauchschmerzen. Vor mir stand er auf dem Kahn, und als ich das Boot festgemacht hatte, bastelten seine Hände am Hals: der große Bonbon aus der Gesäßtasche klebte wieder oben. Händereiben, Sonne brach durch, Gliederschütteln: Mahlke schritt das Deck mit besitzergreifenden Schritten ab, summte sich ein Stück Litanei, winkte zu den Möwen hoch und spielte jenen aufgeräumten Onkel, der nach jahrelanger und abenteuerlicher Abwesenheit auf Besuch kommt, sich selbst als Geschenk mitbringt und Wiedersehn feiern will: »Halloh, Kinder, Ihr habt Euch überhaupt nicht verändert!«
Mir gelang es schwer, mitzuspielen: »Mach schon, mach schon! Der olle Kreft hat mir das Boot nur für eineinhalb Stunden geliehen.

Wollte zuerst nur ne Stunde.«
Mahlke fand sofort den sachlichen Ton: »Na schön. Reisende soll man nicht aufhalten. Der Pott übrigens, ja der, neben dem Tanker, liegt ziemlich tief. Wetten, daß das ein Schwede ist. Den rudern wir, damit Du Bescheid weißt, heute noch an. Und zwar, sobald es dunkelt. Sieh zu, daß Du gegen neun hier anlegst. Das werde ich wohl verlangen können – oder?«
Natürlich war bei so schlechter Sicht die Nationalität des Frachters auf der Reede nicht auszumachen. Mahlke begann sich umständlich und wortreich auszuziehen. Er plauderte Belangloses. Bißchen Tulla Pokriefke: »Ein Luder, kann ich Dir sagen.« Klatsch über Hochwürden Gusewski: »Der soll angeblich Stoffe, auch Altartücher verschoben haben, vielmehr die Bezugscheine für das Zeug. Ein Prüfer war da, vom Wirtschaftsamt.« Dann Komisches über seine Tante: »Aber eins muß man ihr lassen, mit meinem Vater hat sie sich immer gut verstanden, auch als beide noch Kinder waren auf dem Land.« Prompt die alten Geschichten von der Lokomotive: »Übrigens kannst Du vorher nochmal in der Osterzeile vorbeischauen und das Bild mit oder ohne Rahmen mitnehmen. Nein, laß es lieber hängen. Ist nur Ballast.«
Er stand in jenen roten Turnhosen, die ein Stück Tradition unseres Gymnasiums bedeuteten. Die Uniform hatte er sorgfältig und zum vorschriftsmäßigen Päckchen zusammengelegt und hinter dem Kompaßhäuschen, seinem angestammten Platz, verstaut. Wie vorm Schlafengehn standen die Knobelbecher. Ich sagte noch: »Haste alles, die Büchsen? Vergiß nicht den Öffner.« Von links nach rechts ließ er den Orden wechseln, quasselte hemmungslos Schülerunsinn, das alte Spielchen: »Wieviel Tonnen hat das argentinische Schlachtschiff Moreno? Geschwindigkeit in Knoten? Wie stark ist die Wasserlinie gepanzert? Baujahr? Umgebaut wann? Wieviel Fünfzehnkommazwo hatte die Vittorio Veneto?«
Ich antwortete träge, war aber froh, daß ich den Kram noch parat hatte. »Nimmste beide Dosen auf einmal nach unten?«
»Mal sehn.«
»Vergiß nicht den Büchsenöffner, da liegt er.«
»Du sorgst für mich wie ne Mutter.«
»Also wenn ich Du wäre, würd ich jetzt langsam in den Keller.«
»Jadoch, ja. Das Zeug wird ganz schön vergammelt sein.«
»Sollst ja nicht überwintern.«
»Hauptsache ist, das Feuerzeug macht noch mit, denn Sprit hat es unten genug.«

»Das Ding da würd ich nicht wegschmeißen. Vielleicht kannst es drüben als Andenken verkloppen. Man weiß nie.«
Mahlke ließ den Artikel von einer Hand in die andere hüpfen. Auch als er sich von der Brücke nahm und Schrittchen für Schrittchen die Luke suchte, tat er mit beiden Händen spielerisch abwägend, obgleich ihm das Netz mit beiden Dosen den rechten Arm schnürte. Seine Knie machten Bugwellen. Seine Angströhren und die Wirbelsäule warfen, weil die Sonne mal wieder kurz durchbrach, Schatten nach links.
»Wird schon halb elf sein oder noch später.«
»Gar nicht mal so kalt, wie ich dachte.«
»Ist nachem Regen immer so.«
»Schätze: Wasser siebzehn, Luft neunzehn.«
Der Ansteuerungstonne voraus lag ein Bagger in der Fahrrinne. Er zeigte Betrieb, aber Geräusche blieben Einbildung, weil der Wind gegen ihn stand. Einbildung blieb auch Mahlkes Maus, denn er zeigte mir, als er mit suchenden Füßen den Lukenrand gefunden haben mochte, weiterhin nur den Rücken.
Immer wieder bohre ich mir mit selbstgedrechselter Frage im Ohr: Sagte er noch etwas, bevor er nach unten ging? Halbgewiß bleibt nur jener verkantete Blick über die linke Schulter zur Brücke. Durch kurzes Hocken feuchtete er sich an, färbte das Fahntuchrot der Gymnasiastenturnhose stumpf dunkel, raffte rechts das Netz mit den Konservendosen handlich zusammen – aber der Bonbon? Am Hals hing er nicht. Verwarf er ihn unauffällig? Welcher Fisch bringt ihn mir? Sagte er noch etwas über die Schulter? Hoch zu den Möwen? Gegen den Strand oder die Pötte auf der Reede? Verfluchte er Nagetiere? Ich glaube nicht, zu hören, daß Du »Also, bis heute abend!« sagtest. Kopfvoran und mit zwei Konservendosen beschwert, tauchte er weg: runder Rücken und Gesäß folgten dem Nacken. Ein weißer Fuß stieß ins Leere. Das Wasser über der Luke fand ins gewohnte kurzwellige Spiel.
Da nahm ich den Fuß vom Büchsenöffner. Ich und der Büchsenöffner blieben zurück. Wäre ich gleich ins Boot, Leine ab und weg: »Na, der wird es auch ohne schaffen,« aber ich blieb, zählte Sekunden, überließ dem Bagger, voraus der Ansteuerungstonne, mit wandernden, auf Raupen laufenden Greifern das Vorzählen, zählte angestrengt mit: zweiunddreißig dreiunddreißig rostige Sekunden. Sechsunddreißig siebenunddreißig schlammhievende Sekunden. Einundvierzig zweiundvierzig schlechtgeölte Sekunden, sechsundvierzig siebenundvierzig achtundvierzig Sekunden lang tat der Bagger mit steigen-

den, kippenden, zu Wasser gehenden Greifern, was er konnte: er vertiefte die Fahrrinne zur Hafeneinfahrt Neufahrwasser und half mir, die Zeit zu messen: Mahlke mußte am Ziel sein und mit Konservendosen, ohne Büchsenöffner, mit oder ohne jenen Bonbon, dessen Süße Bitternis zum Zwilling hatte, die ehemalige, über dem Wasserspiegel liegende Funkerkabine des polnischen Minensuchbootes »Rybitwa« bezogen haben.
Wenn wir auch keine Klopfsignale abgemacht hatten, hättest Du dennoch klopfen können. Noch einmal und noch einmal ließ ich den Bagger für mich dreißig Sekunden abzählen. Wie sagt man. Nach menschlichem Ermessen mußte er . . . Die Möwen irritierten. Schnittmuster entwarfen sie zwischen Kahn und Himmel. Als aber die Möwen ohne lesbaren Grund plötzlich abdrehten, irritierten mich fehlende Möwen. Und ich begann zuerst mit meinen Absätzen, dann mit Mahlkes Knobelbechern das Brückendeck zu bearbeiten. Rost sprang in Placken ab, kalkiger Möwenmist krümelte und tanzte bei jedem Schlag mit. Pilenz, mit dem Büchsenöffner in hämmernder Faust, rief: »Komm wieder rauf, Mensch! Du hast den Büchsenöffner oben gelassen, den Büchsenöffner . . .« Pausen nach wilden, dann rhythmisch geordneten Schlägen und Schreien. Konnte leider nicht morsen, hämmerte, zweidrei zweidrei. Machte mich heiser: »Büch – sen – öffner! Büch – sen – öffner!«
Seit jenem Freitag weiß ich, was Stille ist, Stille tritt ein, wenn die Möwen abdrehen. Nichts vermag mehr Stille zu bewirken, als ein arbeitender Bagger, dem der Wind die eisernen Geräusche wegstemmt. Aber die größte Stille bewirkte Joachim Mahlke, indem er auf meinen Lärm keine Antwort wußte.

Also, ich ruderte zurück. Aber bevor ich zurückruderte, warf ich den Büchsenöffner in Richtung Bagger, traf ihn aber nicht.
Also, ich warf den Büchsenöffner weg, ruderte zurück, gab das Boot beim Fischer Kreft ab, mußte dreißig Pfennige nachbezahlen und sagte: »Vielleicht komme ich gegen Abend nochmal vorbei und hol mir das Boot nochmal.«
Also, ich warf weg, ruderte zurück, gab ab, zahlte nach, wollte nochmal, setzte mich in die Straßenbahn und fuhr, wie man zu sagen pflegt, nach Hause.
Also, nach alledem ging ich nicht gleich nach Hause, sondern klingelte in der Osterzeile, stellte keine Fragen, ließ mir aber die Lokomotive im Rahmen geben, denn ich hatte ja zu ihm und zu dem Fischer Kreft gesagt: »Vielleicht komme ich nochmal gegen Abend . . .«

Also, meine Mutter hatte gerade das Mittagessen fertig, als ich zu Hause mit dem Querformatbild ankam. Ein leitender Herr vom Werkschutz der Waggonfabrik aß mit uns. Es gab keinen Fisch; und für mich lag neben dem Teller ein Brief vom Wehrbezirkskommando.
Also, ich las und las und las meinen Einberufungsbefehl. Meine Mutter begann zu weinen und brachte den Herrn vom Werkschutz in Verlegenheit. »Fahr ja erst Sonntagabend« sagte ich und dann, ohne Rücksicht auf den Herrn: »Weißt Du, wo Papas Feldstecher geblieben ist?«
Mit diesem Feldstecher also, und mit dem Bild im Querformat, fuhr ich am Sonnabendvormittag und nicht wie verabredet, am selben Abend – die Sicht wäre dunstig gewesen, auch regnete es wieder – nach Brösen, suchte mir den höchsten Punkt auf den Strandwalddünen: den Platz vor dem Kriegerdenkmal. Ich stellte mich auf die höchste Stufe des Denkmalpodestes und behielt – über mir wuchs der Obelisk und trug die verregnete Goldkugel – eine halbe, wenn nicht dreiviertel Stunde lang den Feldstecher vor den Augen. Erst als mir alles verschwamm, ließ ich das Glas sinken und guckte in die Hagebuttenbüsche.
Also, es rührte sich nichts auf dem Kahn. Deutlich standen zwei leere Knobelbecher. Zwar gingen wieder Möwen über dem Rost, setzten auf, puderten das Deck und das Schuhzeug; aber was können Möwen schon beweisen. Auf der Reede lagen die gleichen Pötte wie am Vortag. War aber kein Schwede darunter, überhaupt kein Neutraler. Den Bagger hatte es kaum verrückt. Das Wetter versprach, besser zu werden. Ich fuhr abermals, und wie man so sagt, nach Hause. Meine Mutter half mir meinen Pappkoffer packen.
Also, ich packte: jenes Foto im Querformat hatte ich aus dem Rahmen genommen und, da Du keinen Anspruch stelltest, zu unterst gelegt. Auf Deinem Vater, dem Heizer Labuda, auf Deines Vaters Lokomotive, die nicht unter Dampf stand, stapelte sich meine Unterwäsche, der übliche Kram und mein Tagebuch, das später mit Foto und Briefen bei Cottbus verlorenging.

Wer schreibt mir einen guten Schluß? Denn, was mit Katze und Maus begann, quält mich heute als Haubentaucher auf schilfumstandenen Tümpeln. Wenn ich die Natur meide, zeigen mir Kulturfilme diese geschickten Wasservögel. Oder die Wochenschau hat Hebungsversuche gesunkener Frachtkähne im Rhein, Unterwasserarbeiten im Hamburger Hafen als Aktualität eingefangen: Bunker neben der Howaldt-Werft sollen gesprengt, Luftminen geborgen werden. Män-

ner steigen mit blinkenden, leicht verbeulten Helmen hinab, kommen wieder hoch, Arme strecken sich ihnen entgegen, am Helm wird geschraubt, sie heben den Taucherhelm ab: aber nie zündet sich der Große Mahlke eine Zigarette auf flimmernder Filmleinwand an; immer rauchen andere.
Kommt ein Zirkus in die Stadt, verdient er an mir. Ich kenne so ziemlich alle, sprach mit diesem und jenem Clown privat und hinterm Wohnwagen; aber die Herren sind oft humorlos und wollen von einem Kollegen Mahlke nichts gehört haben.
Muß ich noch sagen, daß ich im Oktober neunundfünfzig nach Regensburg, zum Treffen jener Übriggebliebenen fuhr, die es wie Du zum Ritterkreuz gebracht hatten? Man ließ mich nicht in den Saal. Drinnen spielte eine Kapelle der Bundeswehr oder machte Pause. Durch einen Leutnant, der das Absperrkommando befehligte, ließ ich Dich während solch einer Pause vom Musikpodium ausrufen: »Unteroffizier Mahlke wird am Eingang verlangt!« – Aber Du wolltest nicht auftauchen.